Fan
ファン文庫

神崎食堂のしあわせ揚げ出し豆腐

著　帆下布団

マイナビ出版

神崎食堂の
しあわせ揚げ出し豆腐
帆下布団
by Hoshitafuton
佐藤とうふ店
豆

1

「結婚してください」

花《はな》は非常識なプロポーズをした男を改めて見つめた。

仕立てのよいスーツや上等な革靴に身を包むのは見上げるほどの長身だ。淡いストライプの入ったワイシャツに上品な紺色のネクタイ。綺麗な結び目の先にあるのは鼻筋の通る整った顔立ち。精悍《せいかん》さも感じられるが落ち着いた雰囲気はいかにもモテそうだ。

どう思い返してみても、彼は知らない男だった。

「お断りします」

ひと言で返した花に、男はまるで腹でも抉《えぐ》られたような蒼白な顔で「お会計は」とか細い声でたずねてきた。

母が書いた注文票によれば彼が食べたのは日替わり定食だ。今日のメニューは神崎《かんざき》食堂自慢の揚げ出し豆腐。

「五百八十円です」

花の答えに男は慌てて一枚のカードを取り出した。

そのカードを花はじっくりと眺めて、男に返す。

「……あの、すみません。ブラックカードはうちでは使えませせん」

男は今にも倒れそうな顔になった。

とりあえず支払いは何とかしたものの、散々な目に遭って帰っていった彼だったが、驚いたことに翌日も現れた。

「結婚してください」と、しっかりとプロポーズ付きで。

「出て行け！」

とうとう父に怒鳴られた彼だったが、その次の日も食堂にやってきた。そんな彼に父が厨房から飛び出して卵を投げつける騒ぎとなった。

2

丘《おか》の山《やま》商店街という小さな商店街がある。

近くには住宅地があって、少し離れたところにスーパーがあるものの駅前という場所柄か買い物客がのんびりと行き交っている。アーケードもない古い商店街だ。

その一角に神崎食堂はある。

店先に掲げられた古い看板は昭和のはじめに店を開いた祖父の時代からあるという。

紺色の暖簾《のれん》をくぐると、短冊を横に連ねたメニュー表が目に入る。席は四つずつ椅子を備えた五つのテーブルと奥に五つ椅子を並べたカウンターがあり、その奥には厨房が見え、頑固そうな親父が一人で仕切っている。メニューは単品なら二十七種類。ただしカレーライスは金曜日だけ。この習慣は昔、海軍にいたという祖父が決めたらしい。航海するとき、曜日感覚を保つため決まった日に必ずカレーライスなのだそうだ。もっとも、祖父が海軍にいた頃はよく土曜日に食べられていて、金曜日に食べるのは現在の海上自衛隊の習慣だ。

昼食には定食を出し、夜の営業では酒のアテも出す。客層は多彩だ。たくさん食べたい若者から昼間からビールを飲みたい中高年まで。古めかしい昭和の香り漂う店の見た目も手伝ってか、女性客は少なめだが常連客は老若男女、実に様々な人たちが腹を満たしに入れ替わり立ち替わりやってくる。

たとえば、こんな人もやってくる。

「結婚してください」

「お断りします」

一秒の迷いもない花の返答に、彼は目に見えて肩を落とした。

そしてスーツの懐から財布を取りだす。以前、カード払いはできないと言ってから彼はいくらかの現金を持つようになった。しかしそれは本当に少しで、素人目にも高そうな財布に光るのはほとんどがブラックカードだ。

これ見よがしな財布の中身に、スリに遭ったらどうするんだと花がたずねると、彼がこの財布を持つのはこの食堂に来るときだけだという。

「……今日のお会計は？」

「五百八十円になります」

そうして日替わり定食を律儀に毎日食べに来る彼は、黒塗りの車に迎えられて慌ただしく帰っていく。

「社長さん、今日も忙しそうだねぇ」

常連のおじさんがのんびりと笑う。

「そうですね」

レジを閉じると、花は昼食を楽しんでいる常連と話しながら奥の厨房へと戻った。

社長というのは渾名《あだな》ではない。彼の本職だ。

名前は黒川玲一《くろかわれいいち》。三十二歳独身。黒川コーポレーションの若き社長である。乾物屋として興ったというその会社のワカメは神崎食堂でも仕入れている品物で、今やワカメに限らず様々な分野で手堅い経営を続ける大会社だ。

片や神崎花は生まれも育ちも平凡だ。

丘の山商店街にある神崎食堂の長女として生まれ、一度は働きに出たものの会社の不振に私情も相まってリストラされ、実家に戻った無職である。

二十六という微妙な年頃の女に仕事をくれる会社はなかなかないようで、働かざる者食うべからずという家訓の元、両親が元気に経営している食堂を手伝いながら職を探す日々だ。

そんな無職女に黒川コーポレーションの若き社長は初来店での失敗を物ともせず、毎日のようにやってきては日替わり定食を食べ、プロポーズをして帰っていく。誰もが認める美人でもないし一目惚れされるほど魅力的でもないと自覚している花にとって、彼のプロポーズは酔狂としか思えない。

「今日も来てたのねー」

昼時もひと段落ついて、おっとりと母の芳子《よしこ》が賄《まかな》いの親子丼を持ってカウンターにやってくる。どんなに忙しくてもいつもにこにことしている肝の据わった人だ。

「諦めてお嫁に行っちゃえばいいのに」

――ダン！

母のからかうような声を遮ったのは厨房で何かをぶった切るような音。

「……夜の仕込みに大根が足らねぇ。花、買ってこい」

顔を鬼のようにしかめて言うのは父の寛治《かんじ》だ。几帳面に調理着を着込んだいかにも職人気質の厳《いか》つい顔は子供が見れば泣き出しそうである。

「はーい」

花が返事をしながら財布を手にカウンターから離れると、両親の会話が後ろから聞こえる。

「……社長の嫁なんざ苦労ばっかりだろうが！　そんな胡散臭《うさんくさ》い所へ嫁にやれるか！」

「あらー玉の輿《こし》よ？　少なくとも老後の心配はいらなくなるわよー」

のらりくらりと芳子が寛治の反対をかわしているから、今はマシになった方だ。以前は食堂にやってきた黒川に寛治が卵を投げつけていたから卵代がかさんだものだ。

両親の会話を背に店をそっと出ると商店街の穏やかな空気が花を迎えてくれる。けれど世間の風は冷たい。

二十六歳無職の女がおいそれと結婚できるとは思っていないが、それでも結婚に夢を抱くお年頃だ。妄想ぐらいはしている。

結婚するなら誠実で優しくて、できれば両親の食堂を手伝ってくれる人がいい。

妹と弟がいるものの、彼らは遠くの大学へ行っている。両親の近くにいるのは花だけだ。

家を出たいと言った花の背中を押してくれた両親だが、寂しそうにしていたのは知っている。

実家へ帰ってきてからこうして食堂を手伝っているのはそう悪いことではない。だが花はまだ外で働いて経験を積みたい。

どうにか仕事を探して再就職し、経験を積む。いずれは結婚して父と母と未来の旦那様と食堂を経営する。

それが花の夢であり今の目標だった。

だからだろうか。


「――結婚してください」

「お断りします」

まるで挨拶のようなプロポーズにこたえたいと思えないのだ。

花からすれば、彼はまるで珍獣だ。ぴかぴかの革靴に、食堂にはおよそ似合わない落ち着いたストライプのスーツ。その体長は暖簾をくぐるのが辛そうなほど高い。洗練された装いにくっついているのは形のいい顔や目鼻立ち。

「……お会計を」

やや薄い唇から紡ぎだされる低い声で囁かれれば、愛想のない言葉も甘く聞こえる。

姿だけでも十分上等な希少生物に毎日のようにプロポーズされるなど、どこの漫画か小説か。

「五百八十円です」

だから今日も花は日替わり定食の値段だけ口にするのだ。

何の遊びか知らないが、金持ち男の道楽に付き合うほど暇ではない。

無職女の卑屈と嫉妬が混じった言い訳を並べていると、いつものようにガラガラと戸が開かないことに花はふと気が付いた。

見上げると何拍子も揃った男がこちらを眺めて何気ないふうに口を開く。

「——三軒先の豆腐屋さんは休業中なんですか？」

そんなことをたずねられて「ああ」と花も何気なく答えた。

「奥さんが入院されてしまって、ご主人だけじゃお店を開けられないから今、休業中なんです」

三軒隣のサトウ豆腐店のご主人は町内でも頑固者で知られていて、作る豆腐も頑固なほど誠実に丁寧に夫婦二人で作ってきた。

けれど奥さんが入院してしまってからは、高齢だということも相まってご主人一人で早朝の仕込みをこなすのは難しく、無理だと息子に止められたらしい。

おかげで食堂に毎日仕入れていた豆腐を変えざるを得なくなった。古い商店街にはつきものの後継者不足というやつだ。

花の答えに黒川も「なるほど」とうなずく。

「味噌汁の豆腐の味が変わったからおかしいと思って」

定食には味噌汁が必ずつく。豆腐の違いをわかるとはさすがに日替わり定食を毎日食べているだけのことはある。だが父は常連でもなかなか気付かないほど似た味の豆腐を使って味の違いをわからなくしていたはずなのに。セレブは舌まで違うのか。

花が内心舌を巻いているとまだ黒川がまだこちらを見下ろしている。

「……豆腐屋さんがなくなると困りますね」

確かに困る。だが困るのは神崎食堂であって黒川ではないのに、どうしてそんなに深刻そうに眉をしかめていらっしゃるのか。

花は不思議に思って黒川を見上げたが、当の黒川は外からのクラクションに「あっ」と気付いて「失礼します」と挨拶もそこそこに帰ってしまった。

黒川の背中を見送って彼の言葉の意味を考えようとした花だったが、昼時の食堂はそう暇ではない。

「花ちゃん、トンカツ定食」

「俺は親子丼」

「あたしは日替わりね」

「こっちは日替わりとサバ味噌定食」

「日替わり一つ」

「肉団子定食」

「日替わり一つねー」

「ご飯と味噌汁」

「唐揚げとビール」

「ビール！」

好き勝手に叫ばれる注文を順番に伝票へ書き込んで、花が奥の厨房にいる芳子に手渡すと、芳子が感心したように笑う。

「いつもながらお見事」

たかがテーブルごとの注文を覚えられるからといって、何の役に立つわけでもない。役に立つとしたら神崎食堂のような小さな店の中だけだ。

褒めてくれた芳子に「そう？」と軽く返して、花は父が盛り付けたご飯や味噌汁を盆の上に載せる。

こうして、黒川との会話は昼の忙しさに紛れていった。

その記憶が帰ってきたのは数日後のことだ。

＊

「……えっ」

聞き間違いかと黒川を見つめた花に、彼は怯むことなく微笑んだ。

仕事が多忙だったらしく数日空けてやってきた黒川は、いつものようにプロポーズを口にした後、穏やかに衝撃的なことを言ってのけたのだ。

「今日から豆腐屋さんを手伝うことにしました。これからご近所としてよろしくお願いします」

3

黒川の衝撃的な宣言の真偽がわからず、昼休憩を見計らって母の芳子にたずねた花だったが、芳子はあっさりうなずいた。

「そうらしいわねぇ」

「え？」

芳子が噂で聞いた話によれば、休業中だった三軒隣の豆腐屋を黒川が手伝うと言い出して、ご主人を納得させたというのだ。

「あの佐藤さんを説得したの!?」

花が思わず声を上げると母が「すごいわよねぇ」とおっとりと言う。

サトウ豆腐店のご主人は仕事に特別厳しくて、適当なことでは絶対にうなずかない頑固者だ。

「でもいったいどこで佐藤さんに……？」

商店街の中では老舗とはいえ一介の豆腐屋と、大企業の社長が出会う機会などそう転がっているわけがない。花の疑問に答えたのは母だった。

「うちの食堂でよくお話ししてたんですって」

――意外と転がっていたらしい。

そういえば、豆腐屋のご主人は奥さんの入院した日から三食のほとんどを神崎食堂で賄っていた。

「――道楽だか何だか知らねぇが、ナメた仕事すればすぐにでも追い出されるだろうよ」

厨房でカツ丼をかき込んでいた父がそう言い放った。

父の意見はもっともだった。

お客さんにお代をいただくのは、ありがたいし難しい。

ましてや豆腐屋という商売柄、朝は早いし仕事はきつい。

豆腐屋の息子でさえ毎日ひたすら同じことを繰り返す仕事に耐えかねて職を変え、実家を出て行ってしまった。

所詮は金持ちの道楽、と父の寛治は口悪く述べた。

三日もすれば飽きてしまうだろう、と花も正直なところ思っていた。

しかし黒川は花たちの予想を裏切って豆腐屋に通い続けたのだった。


朝は三時に店へ来て豆腐作りを手伝い、七時には会社へ向かう。昼は食堂で昼食を食べて、夕方五時の定時に退社するとその足で豆腐屋にやってきて、豆腐を売る。閉店の夜七時まで手伝ってから残りの仕事を片付けに再び会社へと帰るのだそうだ。

社長という職業柄、どうしても出張や会議が外せない日はあるらしいが、それ以外は毎日のようにやってきた。

「本当によくやるよ」

奥さんの容体がようやく落ち着いてきたという豆腐屋のご主人に、夕飯用の木綿豆腐を買いに来た花は黒川の様子を聞かされていた。

花も少しは気になっていたから、彼が豆腐屋に通い続けていることに驚いている。

サトウ豆腐店は商店街の古参だ。今のご主人で二代目になる。戦後に商売を始めた先代の頃から美味しいと評判で、今もその味を頑固に保ち続けている。糊を効かせた調理白衣と和帽子をきちんと着こなした、いかにも気難しそうなご主人は、昔から父と並んで恐い親父だった。そんな親父が深い皺を刻んで笑っているではないか。白髪交じりの眉を和ませている様子は長い付き合いの花もほとんど見たことがない。

「オレだって最初は無理だと思ったさ。でもやるって言ったことは守る男だよ、あれは」

ご主人は朗らかに続ける。

「社長さんに客商売ができるのかよって思ってたけどよ、うまいことやるもんなんだぜ」

黒川は元々物腰の柔らかい人だ。それに母から伝え聞いた彼の接客はその道三十年のプロである母も唸るほどだという。商品の渡し方もおつりの返し方も丁寧で、帰ろうかなと思うとごくごく自然に店の戸を開けてくれるらしい。

どうしたことだ。大会社の社長さんが豆腐屋さんに出入りできるようになったことにも驚いていたのに店員として気に入られてしまうとは。まさか豆腐屋のレシピ狙いのスパイなのか。

明らかにドラマの見すぎの疑いをもって花がご主人にたずねてみると、

「同じように食べ物で商売してるから、よく話してたんだよ」

くくりが大きすぎる気もするが、ご主人の言う通り黒川コーポレーションの興りは乾物屋だ。これが人心掌握術というものなのか。

「それに帰り際に花ちゃんに必ずプロポーズしていくだろ？　常連のあいだじゃ有名人さ」

——花がきっかけの一つだったらしい。

なんてことだと花が顔をしかめていると、ガラガラと豆腐屋の奥で戸が開く音がする。

「お、来たようだぜ」

誰が、とは聞かなくてもわかる。花は急いでお金を払って木綿豆腐を受け取ろうとしたが、豆腐屋の主人はなかなか商品を渡してくれない。

長々と話なんかするんじゃなかった。無職になってから時間の感覚がすっかり食堂時間だ。お昼二時にランチタイムが終わると、夕方五時から夜の営業が待っている。

「——こんにちは。今日もよろしくお願いいたします」

今ではすっかり聞き慣れてしまった声が店に響いて、花があっと顔を上げたのもよくなかった。

「いらっしゃいませ。こちらでお会いするのは初めてですね」

「……そうですね。お昼以来です」

客商売に携わるにしては愛想のない花に黒川は、

「ご来店ありがとうございます、というのも妙な気分ですね」

と笑っただけだった。

今日も黒川はお昼のプロポーズを欠かさなかった。

昼、食堂にやってきたときはスーツだったが、今は少し髪のセットを崩し、エプロンをワイシャツの上から身につけている。その手にはなぜかケーキ箱があった。

黒川はご主人が渡してくれなかった木綿豆腐《いやみ》を花に「ありがとうございます」と渡してくれる。その動作ひとつも丁寧で逆に厭味なほどだ。

しかしそれ以上は何も言わず昼間のプロポーズなどまるでなかったことのように、黒川は持っていたケーキ箱をご主人に開けて見せ始めた。

「どうでしょう。自分で作ってみたのですが」

「どうでしょうってもな。オレもこんなもんは普段食べねぇし。あ、そうだ」

何となくケーキの箱が気になって残っていた花は、ご主人と黒川に同時に視線を向けられてちょっと身を引いた。何だか嫌な予感がする。

そんな花にご主人が手招きした。

「ちょうどいいや。花ちゃんコレ食ってみてくれねぇか。女の子だろ」

「女の子という年でもないんですが」

「スイーツなら女性の方がお好きでしょうし」

花の言葉を半ばかき消すように黒川がケーキ箱を差しだす。

「……ドーナツ？」

そこには茶色のリングが六個ほど礼儀正しく並んでいた。

「おからケーキというものがあるでしょう？　こちらの豆腐屋さんのおからはとても美味しいので、お子さんでも食べやすそうなドーナツにしてみたんです」

確かにこの豆腐屋のおからは美味しい。美味しいけれどそのままで売られているおからはあまり人気がない。

それが、ちょうど手の平に載りそうなリングになっている。

食べていいものかうかがってみると、黒川とご主人が「いいよ」とうなずくので花は一つ手に取ってみる。

手にしたドーナツは特別硬くもなく軟らかすぎでもない。

「い、いただきます……」

立ち食いがみっともないと恥じる家柄でもないので、花はえいっと口に放り込んだ。

歯に一瞬あたる外皮はさくさくとして歯ごたえがある。

けれど噛めば軟らかく、生地は口の中でほろほろと溶けて消えた。

あっという間に消えていくドーナツの甘味だけが口いっぱいに広がって、後味はおからのせいかふんわりと軽い。

幸せに味があるならきっとこんな味だろう。とても優しい味だ。

もうひと口、と食べているうちに、ドーナツはすっかり花の胃に収まっていた。

「……どうだ？　うまいか？」

花の様子を眺めていたご主人が不審そうな顔で言うので花は自然とうなずいていた。

「美味しかったです。何回でも同じように揚げられるようになったら一度お客さんに出してみてもいいんじゃないでしょうか。自分でも食べてみてくださいよ。あんまり甘くないですから」

「そ、そうか。一つ食べてみるかな」

ご主人が手を伸ばすのを見ながら、花は黒川に「ごちそうさま」と言ってみる。

「自分で作ったんですか？」

少し気まずそうだった黒川は、今度は照れたように笑ってくれた。

「恥ずかしながら。このお店のおからはとても美味しいので、何かできないかと思って」

おかげで少し寝不足です、と笑うその人がまるで子供のようで、花も少し笑ってしまった。

＊

花の試食から少し経って、豆腐屋の隅に新商品が並ぶことになった。

入院中の奥さんにも食べてもらったところ、気に入ってもらえたようだ。

おからドーナツという商品自体は珍しくもないが、商店街では素朴な味が美味しいとちょっとした話題になった。けれど品切れ続きで今日も完売だったと残念そうに母が肩を落とす日が続いた。

ドーナツもそうだが、運がよければ夕方にイケメン店員が相手をしてくれるという噂も流れて、豆腐屋は最近賑やかだ。

「ドーナツは売り切れだったけど、今日は社長さんがいらっしゃったのよ」

いつもなら花に買い物を押し付ける母の芳子が化粧をして出かけて、絹ごし豆腐を持って帰ってきた。

いつになく上機嫌な芳子を見て、今日の夕食はレトルトの麻婆豆腐でも文句を言われないなと打算した夕食当番の花に、芳子が「ふふふ」と少し気味悪く笑って紙袋を差し出してくる。

「どうしたの、病院行く？」

「失礼な娘ねえ。それよりホラ」

無理矢理持たされた紙袋はほんのり温かい。

「社長さんが娘さんにって。お父さんには内緒にしておくから」

やましい物を渡されてはたまらないので花が芳子の見ているそばで紙袋を開けてみると、

「――ドーナツ！」

今や幻となっていたドーナツが五つも入っていた。

花とそろって声を上げた芳子はさっそく食べようとお茶を淹れに台所へ行ってしまう。そんな母を見送って、花はドーナツの隣に隠れていた油紙を見つけて開いてみる。油紙で包んであったのは小さな紙切れだった。

〝あなたのお陰でドーナツができました。
ありがとうございます。
よろしければご家族とご賞味ください。
また、お昼に伺います。〟

黒川玲一、と結んである小さな手紙を花は慌てて自分のカーディガンのポケットに押し込んだ。カーディガンにポケットがついていてよかった。

その日、示し合わせたように実家へ帰ってきた弟妹と両親で、おすそわけのドーナツを手紙の通り家族全員で味わった翌日。

それはやってきた。

「――神崎」

最近ではめっきり呼ばれなくなった名字を呼んだその人はかつての同僚で、

「……何か御用ですか」

花が会社をクビになるまで恋人であった人だった。

4

「五百八十円になります」

「……あの」

花はレジ前でうどの大木のように立ちはだかる長身を不機嫌に見上げた。今やすっかり常連の黒川社長である。今日も日替わり定食を食された。ついでのようにプロポーズも執り行ったあとだ。

花の視線を受け取って、黒川はそのきらきらしい容姿に憂いをのせて意を決したように口を開く。

「あなたの婚約者が来たというのは本当ですか!?」

だからどうしたというんだ、という回答をのみ込んで、花はすでに何回も繰り返した答えを返すことにした。

「元、恋人です」

花の頑なな態度に黒川は何か言いたげな顔をしたが、忙しい彼はいつものように黒塗りの車で仕事へ戻っていった。

「……何でみんな知ってるの」

ここ数日、常連に「元婚約者が来たんだって？」と心配そうにたずねられるのだ。狭い商店街のことなので、噂が広がるのは光の速さだとわかってはいたがここまでとは。

「そりゃあそうよ。心配なんだもの」

客が引いた店で遅い昼ご飯を持ってやってきた母が苦笑しながら言う。

今日のお昼は母が作ったうどんだ。父が店の奥でずずず、と啜《すす》っているのを聞きながら花は仕方ないなと溜息をつく。

数日前、こともあろうに件《くだん》の元恋人はこの食堂にやってきたのだ。そして常連客が大勢いる前で言い放った。

「ずっと探してた、なんて、ドラマの撮影が始まったのかと思ったわ」

韓国ドラマが大好きな母が興味津々といった顔でこちらを眺めてくるので花は大人しくうどんに箸をつけた。


——ずっと探してた。

昼飯時の食堂で、注文もしないで花にそんなことを言いだした元恋人の大林《おおばやし》は啞然とする彼女を無視してべらべらと喋《しゃべ》りに喋った。

退職したあと連絡を取れなくて困ったこと。本当は別れたくなかったこと。

——転職したんだ。落ち着いたから迎えに来た。

花が会社をクビになった直後なら、うっかり彼についていったかもしれない。

けれど、それはもう半年以上も前の話。

すっかり食堂のおばちゃんになりつつある花には、大林への情熱はすでにない。きっとテレビドラマなら元恋人の感動的で馬鹿馬鹿しい告白に泣いて喜んで抱きつくぐらいのことはするのだろうが、花はそんな気前のいい女優ではない。

——ご注文はお決まりですか？

花はとびきりの営業スマイルで注文を取った。

ちょうど空いていた席に座らされた彼はトンカツ定食を注文した。そして常連客の衆目にさらされながら定食をかき込み、八百七十円を払って帰っていった。

大林幸雄《ゆきお》、という名前を花が後生大事にしていたのは、しがない会社員時代の話だ。

神崎さんはスゴイですねぇ、と言われることに慣れきっていた頃で、実際花は仕事のできる方だったと今でも思っている。

大学時代にしっかりと準備をして始めた就職活動は順調で、何社も内定をもらった中から一番興味をひかれた会社に入った。実家の食堂の改装のために社会経験を積みたいと思っていた花は職種にこだわりはなかったが、運よく手に入れた不動産開発の営業の仕事は花に向いていたらしい。

しかも新入社員の頃についた教育係がやり手で、花もその人に仕事を学んで次々契約を取った。やがて上司となった教育係に付いて花もプレゼンや契約を繰り返し、気付いたときには一端のキャリアウーマンになっていた。

人生で一番充実していると思い込んでいた。

大学で学ぶうちに、実家の食堂だけではなく自分の生まれ育った商店街ごと改革してやるんだと意気込んでいた花にとって、様々なことが学べる仕事がとても楽しかった。ノルマがついて回るのは過酷だったが、努力すればするだけ結果がついてきた。

プライベートでは友達がたくさんいて恋人もできて、充実しているはずだった。

課内では指折りの優秀さで社内でもなかなかの優良株だった大林と付き合うことができたのは、花にとって最大のモテ期だったのだと思う。

花は生まれて初めての大きな達成感に酔っていたのである。

人生で失敗する人は努力をしない人だと思っていたし、努力をすれば何でも解決できると思っていた。

しかし、会社の経営不振を理由にあっという間にクビを言い渡された。

仕事を失った花を見て、急に将来に不安を感じたらしい恋人は手の平を返したように付き合いを解消した。ちょうど結婚の話をしている最中のことだ。

今までちやほやしてくれていた、たくさんいたはずの友達も同僚も同情はしてくれても次第に離れていって、ようやく気付いた頃にはほとんどの人が花の周りから消えていた。

当然だ。失敗した人間といたら自分まで失敗するかもしれない。困っている人に手を差しのべるのはとても勇気のいることだ。

こうして社会人になってから得たものすべてを失った花は、傷心のまま実家に逃げ帰ったわけだが、今にして思えば会社生活も恋人もどこか現実味がなかった。

将来は両親の経営する食堂に戻りたいと考えていた花は恋人や友人にそれを話したこともあった。けれどそれを本当の意味で応援してくれた人は一人もいなかったのだ。

友人には都会でのキャリアを捨ててまでやる価値があるのかと問われたし、採算性や将来性のないことに人生を賭けるのは無駄とまで言われたこともある。恋人も結婚してから考えようと言うばかりで具体的なことは何も答えてくれなかった。

両親への挨拶や正式な婚約をする前の話であったので、面倒な手続きもなく彼との縁が切れたのは二人にとって不幸中の幸いだったのかもしれない。

何もかも失くして帰ってきた花に、両親は何も言わなかった。

事情はある程度まで話したものの、受け入れてくれた両親に花は感謝している。

突然帰ってきた花を「久しぶりだなあ」と歓迎してくれた常連さんもいたお陰で、こうやってのんびりと過ごすことができていたのだが。


「――まあ、お母さんは花がよく考えて色んなことを決めたらいいと思うのよ」

昼食のうどんを食べながら考え込む花に母は微笑んだ。

「だってあなたの人生だもの。楽しい方がいいでしょう？」

それはそうだ。

自分の人生、誰かに決められて動かせるわけでも動くわけでもない。

自分で納得したり妥協したりしながら、何かを決めて進むのだ。

――かといってこんな展開を望んでいたわけじゃない。

＊

「神崎」

母とうどんを食べたあと、ぶらぶらと買い物に出た花を元恋人の大林が呼びとめてきた。改めて話がしたいという彼と場所を探すのが面倒で、近くの公園に入ってベンチに座ると大林は滔々《とうとう》と弁解を口にし、最後にとどめとばかりに付け足した。

「結婚してくれないか」

こいつの頭は豆腐か何かでできているのではないか。

言い訳をほとんど聞き流していた花の心はますます冷えていく。仮にも恋人だったはずの人をここまで見捨ててしまえるのかと自分でも驚くほどだが、冷めきった気持ちは一向に温まらない。

「お前が会社を退職したときには、転職を考えてたんだ。でも、お前も一緒に連れて行く自信が俺にはなかった」

大林は仕事のできる社員だった。だから他の会社からヘッドハンティングされたのだという。

「俺の補佐をしていた神崎なら、きっと今の職場でもやっていけると思う。今からでもうちの会社で働かないか」

花は確かに彼の補佐もしていたが、自分でいくつかのプロジェクトも動かしていた。仕事の量は同じだったはずだ。しかし会社は花をクビにして放り出した。

「——お断りします」

花の静かな答えに大林は顔色を変えた。まさかこれだけの餌を投げて断られるとは思っていなかったのだろう。結婚に仕事、何も持たない女にはこれ以上ない餌だと彼は思い込んでいるのだから。

「お前、一生あんな食堂で働くつもりか？　キャリアも何も積まないで」

あんな食堂。その言葉だけで彼が花の夢をどう思っていたのか知れた気がした。

負け組の花にだってプライドぐらいはある。

かつて好きだった人の言葉に傷付くぐらいのプライドは。

ぐっと唇を噛んでいると、

「花」

花を呼ぶ声がする。

特別大きくもない、うるさくもない、けれど不思議と耳に残るような通る声に聞き覚えがあって顔を上げると、その人は珍しくわずかに不機嫌そうに顔をしかめた。

長身にジャンパーを羽織ったその人は豆腐屋の店名入りのバイクを押してこちらにやってくるところだった。きっとジャンパーの下はいつもの上等なワイシャツだろう。

天秤付きのこのバイクは豆腐屋のご主人が数年前まで豆腐をお得意さんへ届けるときに使っていたものだ。

「どうした？　花」

普段は使わない気安い言葉でたずねられて、違和感を覚えたものの花は首を横に振る。今は彼の言葉に乗って味方にした方がよさそうだ。それに、目から零れてはいけないものまで零れそうになっていて、花はぐっと奥歯を噛んだ。

「……何でもない」

「じゃあ、この人は？」

優しいのにどこか厳しい声で続けられて「……元恋人です」と答えると即席の豆腐屋さんはいっそう硬い顔付きになる。

自分の熱弁に水を差されて渋面になった大林は、現れた長身の豆腐屋さんを胡散臭そうに眺めている。

「特別な話がないなら、花はそろそろ帰ったら。食堂の夜の開店時間だろう？」

大林のことを無視した豆腐屋さんの言葉に、大林は「まだ話がある」と勝手に決めつけた。

「花にはもう話はないようだけど？」

豆腐屋さんの妙に威圧的な言葉に、大林は一瞬怯んだものの今度こそ豆腐屋さんを睨み付ける。

「あんたには関係ないだろう。部外者が口を出すな」

「女の子が嫌がってるんだ。無理強いは見過ごせない」

普段の困り顔からは想像もできない豆腐屋さんの強い言葉に花の方がハラハラしていると、大林の方が自分の思惑通りにいかなくて言葉を荒くする。

「俺は神崎のキャリアを心配してるんだ！　豆腐屋で働いてるあんたにはわからないだろうがな！」

彼をただの豆腐屋だと思っている大林の言葉に花は笑いを堪え切れなくなって思わず口を押さえた。確かに彼は、今は豆腐屋さんだが本当の豆腐屋さんではない。知らないというのはこんなにも滑稽なのか。

花が何を堪えていると勘違いしたのか、大林がそれ見たことかとたたみかけてくる。

「神崎はこんな商店街で働いているような人間じゃないんだ。お前と一緒にするな！」

――ぶわっはははははは！

花はとうとう大笑いしてしまった。

「あははははははは！　お、おなかいたい……」

お腹《なか》を押さえる花を即席豆腐屋さんが心配そうに覗き込んでくるので、花はもっと笑いが止まらなくなる。

「だ、大丈夫ですか？」

そう心配そうにたずねてくる豆腐屋さんと気も遣えない不審顔のエリート会社員を、花は見比べてみた。

会社にいた頃、大林は花にとって王子様だった。

それなりに高い身長にそれなりに鍛えた体、それなりに整った顔立ちをしていて話題も豊富。ひと言でいえば手の届きそうな王子様だ。みんなマンガみたいな王子様なんて探していない。手の届くものがほしいのだ。

それに比べてブラックカードを持つ豆腐屋さんはどうだろう。今は古びたジャンパーを着込んでいるが、整い過ぎた顔立ちに首が痛くなるほどの高長身、まるでマンガから抜け出してきたような見た目だ。しかも長い手足を使ってすることといえば、完璧なまでのレディファースト。近所のおばちゃんたちが彼に会おうと躍起になるはずである。この人は頭がとてもよいのだろう。馬鹿みたいな要領のよさで気難しい人ばかりの商店街にすっかり馴染んでしまった。

花には勿体《もったい》ないと思っていた大林が、急に霞んでくる。

できる人の上にはさらにできる人がいるのだ。

花の大笑いを不満そうに見ている大林が滑稽で馬鹿馬鹿しくて、花は何とか笑いを収めた。

「おい、何がおかしいんだ!?」

「全部」

目の端に溜まった涙を指で払うと、花はいっそ清々しい気分になった。

「――総務の柴田《しばた》さん」

「……ん？」

「営業二課の内山《うちやま》さん」

「え？」

「今の会社の秘書課の近藤《こんどう》さん」

「………」

「浮気してたこと、私が知らないと思ってた？」

とうとう青い顔で黙り込んだ大林を花は余裕たっぷりに見上げる。

女の情報網を舐めてもらっては困る。

「……お前のそういうところが苦手だった」

「私はあなたのそういう馬鹿なところが好きだったけど」

仕事ができても大林のこういう間の抜けたところも可愛いと思っていた花は、恋する乙女だったのだろう。お前だけだと囁かれて浮気から目を背け、結婚すれば自分の元に戻ってくると思い込んでいたのだから。

今となっては馬鹿馬鹿しい話だ。

「近藤さんと婚約の話があるんでしょ？」

「……彼女、家事が一切できないんだよ」

なるほど。だからそこそこ家事のできる花とよりを戻したくなったのか。

「自分で家事すればいいじゃない。綺麗な子なんでしょ？　大学のときミスコンで一位に選ばれたほど」

「お前のそういうところが本当に苦手なんだよ……！」

「あなたはちょっと間が抜けてて可愛い女の子が好きなんだから、私とはやっぱり無理だったのよ」

人と人との関係は時間とともに変わるのだろう。

それが恋人であっても。

「じゃあね」と手を振って、二度と会わない人がいるように。


「――それじゃあ、わざわざ来てくれたんですか？」

逃げ帰った大林を見送ったあと、バイクを押しながらゆっくりと歩いているその人を花が見上げると、長身の男は苦笑する。

「ちょうど豆腐屋さんに来ていたお客さんが教えてくれまして……」

事情を聞いた豆腐屋のご主人が大慌てでバイクとジャンパーを貸してくれ、即席の豆腐配達人となった彼は花の居場所を探し出してくれたらしい。

「知らないこととはいえ、あの人が失礼なことを言ってすみません」

花が大林に代わってそう言うと、黒川コーポレーションの社長は穏やかに苦笑しただけだった。

豆腐屋で働いているこの人が正真正銘の社長だと知れば、きっと大林は腰を抜かしてしまう。そんな馬鹿面を見てみたかったかもしれないな、と思っている花とは裏腹に黒川の顔は冴えない。

「すみません、お仕事中に変なことに巻き込んで」

そう言って花が様子を伺うと黒川は静かに首を横に振る。

「いいえ。間に合ってよかった」

穏やかに微笑む黒川を眺めて、あのときその声で「花」と呼ばれたことを思い出して少しだけ顔が熱くなる。乙女心など死滅したのではなかったか。いちいち心臓に悪い人だ。

花はのぼった熱をごまかすようにして黒川にたずね返す。

「……どうして来てくれたんですか?」

正直に言えば、大林程度のことなら花一人でどうとでもなったのだ。

黒川は「それは」と言いかけ、少し笑って花を見た。

「——男の面子のためですよ」

5

丘の山商店街から電車で少し離れると大木のようなビル群が見えてくる。

ビルの快適な部屋で黒川玲一はいつものように次々と届けられる書面を見ていた。

ペーパーレスが声高に叫ばれて久しいが、重要な書類はやはり紙で届けられるのだ。そして玲一に届けられる書類は、会社にとって重要なものばかりだった。それでも大量の書類で埋もれたりしないのは、代々使われているこのデスクが広過ぎるからだ。

そしてこの社長室も広過ぎる。

五十畳はあるという社長室は、この本社ビルを建てた先々代が二十人からいた来客を応対するためこれほど広く造ったそうだ。

以前は特注の高級家具や骨董などに囲まれた、いかにも社長室らしい部屋だったようだが、前社長の意向で壁面収納に改装された。そのため広い部屋にはデスクと椅子だけが置かれているように見える。

部屋の側面の窓からは都会の景色が玩具箱のように広がっている。先々代が来客に自慢した景色だが、社長室を改装した前社長はその景色に感慨を持たない人だったようで、窓全面に薄い膜を張ったようなブラインドがある。ここは外からの視線など感じられないほどの高層階にあるのだが、前社長は本当に社長室に興味がなかったのだろう。

先々代から変わらず残っているのは広いデスクだけだ。杉の大木の一枚板で作られた特注で、机に合わせた革張りの椅子はいかにも豪胆な社長の椅子といった雰囲気だ。玲一はそれを一度も好きだと思ったことがなかった。こんなに広い部屋なのだからテレビを置くなり仮眠室を作るなりしたいと思うところだが、休憩用の部屋はまた別にある。

まったくもって、この会社は玲一の性分には合わない造りをしているのである。

社長になりたての頃はこの社長室が嫌で社員と一緒の大部屋にパーテーションで区切って部屋を作り、そこで仕事をしていたこともある。生来、男女問わず分け隔てなく接する性格の玲一は間借りした課内ですぐに受け入れられた。

けれど結局やめてしまった。

仕事中でも課内の女性たちに囲まれることが多くて、結局迷惑をかけてしまったからだ。

秘書課でも玲一の秘書になろうとする者が後を絶たなかったのでそれまで何人かいた秘書を敷島《しきしま》という男の秘書一人に決めた。

黒川の本家も放ってはおかなかった。三人の婚約者候補を用意したのだ。

三人の娘はいずれも名家出のお嬢様で、家柄や血縁に厳しい祖母は「お前には勿体ない娘たちです」と言ったようだが、定期的に顔合わせをさせられる玲一にとっては迷惑なだけだ。

しかも婚約者候補の一人は秘書課にいる。

「――失礼いたします」

ブランド物のスーツに身を包み、澄ました顔で社長室に入ってきたのは見憶えのある顔だ。今日もロングの髪が乱れた様子もない。

「敷島さんが席を外しておりますので代わりにお伝えに参りました。本日の瀬戸《せと》物産との会食の件ですが、時間が変更になりました。詳細はあとで敷島さんにご確認ください」

鈴のような声がわざわざ玲一のデスクに近付いて言うので、玲一は渋々書類から顔を上げて彼女にうなずく。

「わかりました、春日野《かすがの》さん」

玲一の言葉に春日野ウララはにこりと微笑んだ。どうすれば自分が可愛く見えるかよくわかった口角の上げ方をする女性だな、といつも思う。

彼女は黒川家が選んだ婚約者候補の一人だ。年は二十三で大学を出たばかりの新人だ。秘書課で楽しく勤めているようだが、何人かの男性社員に言い寄られている、と敷島が話してくれた。

「今は誰もいませんし、ウララ、と呼んでくださってかまいませんよ。玲一さん」

誰もいなくても社長室はプライベート空間ではない。玲一はやんわりと首を横に振った。

「僕は要領がよくない方なので、就業時間中はすべて仕事中ですよ」

玲一の返事に「まぁ」とウララは声を上げる。

「玲一さんの優秀さはよく存じておりますわ。玲一さんの代になってからいくつもプロジェクトが成功して、業績が上がっているのは社員一同の知るところですのよ」

大きなプロジェクトが成功したのはそれに尽力した社員の力であるし、業績が上がっているのは時流に上手く乗れているからだろう。経営は成功一辺倒ではないと玲一に叩き込んだのは、ワンマンで幅を利かせた先々代その人だ。

必要なときに舵をとり、凪のときはじっと待つ。嵐のときは渦中に飛び込んで建て直しをはかる。社長業は、実を言えばほとんど会社のしんがりのようなものだ。いつだって責任が玲一の肩にある。

「真面目な玲一さんはもちろん素敵ですけれど……」

ウララはそう言いかけて顔を赤らめる。彼女の恥じらう様子は男を惹きつけるものらしいが玲一にはよくわからない。

「これ以上はお仕事の邪魔ですわね。失礼いたします」

軽やかにブランドスーツが社長室を去っていく。そのうしろ姿を見送って、ドアが閉められると同時に玲一は深く溜息をついた。婚約者候補の春日野ウララは社長である限り無下にはできないのだ。

玲一にとって自由のない社長業はつまらないのひと言に尽きる。

会社の管理は大事だと思うが、それ以上の情熱も執着も感じない職だ。

そんな玲一が唯一欠かさないのが、神崎食堂へ通うことであった。

ひょんなこと、というか玲一が原因で常連客のあいだで有名人となっている。

その原因というのが、

「結婚してください」

「お断りします」

今日も清々しいほどにはっきりと断られる玲一のプロポーズであった。

「……お会計は？」

「五百八十円です」

動揺の影もなく玲一に答えてくれるのは、セミロングの華奢《きゃしゃ》な女性だ。神崎食堂の看板娘で名前は花。玲一は可愛らしい名前だと思うが、本人はこの名前があまり好きではなさそうだ。母の芳子に名前を呼ばれてわずかに眉をしかめているのをよく見る。

動きやすそうな細身のパンツにカットソー、エプロンを身につけた彼女は、今日もつまらなさそうに食堂のホールで立ち回っている。諸事情あって再就職を目指しているというが、つまらなさそうでも食堂の娘らしく素早く客をさばいていく様子は軽やかだ。そんな彼女に玲一はプロポーズをしてずっと断られている。数えているのは玲一だけだと思うが、今回ですでに三十三回を越えた。

プロポーズを始めた約二か月前は食堂の主である彼女の父親に卵を投げられ追い出されていたが、最近ではどこまでも断られ続けている玲一を無視するだけにとどまっている。

正直なところ自分でもよくこれだけ続けられると思う。何より玲一のプロポーズを律儀に断り続ける花も我慢強い。

そのことに感謝してまた来ようと食堂をあとにするのだが、ある日三軒隣の豆腐屋が開いていないことに気がついた。それに定食に付く味噌汁の豆腐の味が変わっている。

花によると、奥さんが入院してしまい、ご主人一人での店の切り盛りは難しいということで休業中したという。

神崎食堂に昼食をとりに来ていた豆腐屋のご主人に話を聞くと、

「そうなんだよ、息子に止められてさ」

常連の中でも玲一とよく話してくれるご主人が苦笑いする。

「大豆は仕入れてあるし、豆腐を作るだけならオレだけでもできるんだが、豆腐を客に売ったり道具を片付けるときはどうもいけねぇんだ」

客商売は人手がいるし、豆腐作りの道具をご主人一人で片付けるのは大変なのだそうだ。

話を聞いた玲一は、会社に帰る頃にはある提案をまとめていた。

＊

「豆腐屋を手伝うので、会社を休ませてください」

昼下がりに社長室に書類を届けに来た秘書にそう提案すると、秘書の敷島は玲一を冷淡に切り捨てた。

「阿呆ですか、馬鹿ですか。突然そんな戯言が通ると思っているのですか。社会人として恥ずかしくないのですか」

秘書にあるまじき暴言だが、彼はそれが通常運転だ。そして玲一に冷たい。だからこそ秘書にしたのだが、実際に暴言を向けられると何とも言えない気分になる。

「……考えはあるから聞いてください」

玲一は秘書にあらかじめ用意していた妥協案を披露した。

それから数日かけて秘書を説得して人事に話を通し、昼の神崎食堂を出たばかりのところで豆腐屋のご主人を捕まえた。

「働かせてください」

見習いとして働かせてほしいと頼み込んだ。豆腐屋のご主人にうなずいてもらえなければ玲一の数日の説得は無駄になる。すると、

「何だかよくわからねえが、手伝ってくれるなら雇ってやるよ」

ちょうど手伝いがほしかったんだとご主人は二つ返事で玲一の頼みを聞いてくれた。得意先からも再開はまだかと問い合わせがあって、人を雇ってはどうかと奥さんと相談していたそうだ。

黒川コーポレーションは申請が通れば副業は可能だが、玲一は職人として雇われるのではなく見習いだ。給料はない代わりに豆腐作りを一から教えてもらうことになった。

拍子抜けするほど順調に豆腐屋への見習い奉公を決めた玲一だったが、豆腐屋は想像以上の世界であった。

＊

豆腐屋ことサトウ豆腐店は創業六十八年、今の代で二代目となる。商売を始めた先代は満州から夫婦で引き揚げてきたのを機に豆腐屋を始めた。夫婦がラッパを吹いて豆腐を売るなかで生まれたのが今のご主人、佐藤重蔵《じゅうぞう》だ。

先代も頑固な人で、法改正やスーパーの台頭で豆腐屋の商売が変わっていく中でも商店街で昔と同じように店を構え続け、それを受け継いだ重蔵も先代と同じように丁寧に豆腐を作って売る手法を守った。

店の中はそれほど広くない。豆腐を沈める水槽、油揚げや厚揚げ、おからなどを置く商品棚、そして簡易包装をする包装機が置いてあるだけで派手なポップや広告はない。豆腐を買うと年季の入った包装機が、ぎぎっと音を立てて一丁ずつパックとビニールで包装してくれる。それを紙で手早く包んでもらい、客は豆腐を手に入れる。

大人の両手に載るほどの豆腐は特別な味も仕掛けもないが、くせのない味は飽きがこない。だからだろうか、スーパーが近くにできても豆腐だけはサトウ豆腐店で買う客も多い。

客の入れない店の奥は作業場になっていて、ここで毎日豆腐が作られている。

おから分離器や煮釜などが並ぶ中で目をひくのは石臼の磨砕機だろうか。先代がもらい受けてきたという石臼が機械式ではあるもののじっくりと大豆をひく。水に漬けてから石臼でひいた大豆を呉《ご》と呼び、それを煮釜で煮て豆乳とおからに分離させる。その豆乳を固めて作るのが豆腐だ。

基本的な作り方を説明するのは簡単だが、すべての工程にかかる時間は膨大で作業は細やかだ。豆腐の善し悪しを決める大豆の選別に始まり、大豆をひく前に行う大豆の浸漬時間や水温に法則はなく、毎日職人が見極める必要がある。一つひとつの工程が職人の勘にゆだねられていて、作業工程をこなせるようになるだけで二年、実際に豆腐を作れるようになるには五年はかかるという。

玲一にまず任されたのは大豆を倉庫から運びだすことと、道具の掃除。

「遅い！」

「はい！」

作業中に重蔵の叱責が飛ぶのは当たり前で、玲一の一日はまたたく間に過ぎた。

＊

ようやく慣れてきた頃におからがいつも売れ残ることに気付いた。そこで考えたのがおからドーナツだったが、思いのほか評判がよく豆腐屋は盛況となっていった。

「まあ、また売り切れだったの？」

すごいわねぇ、とおっとりと微笑んだのは入院中の奥さんの栄《えい》だ。重蔵はたまに玲一を誘って栄の見舞いに出かける。

「一人じゃ照れくさいんですって」と教えてくれた栄も、重蔵がやってくるときには白髪交じりの髪をきちんと整えて迎えている。

「すみません、父のわがままに付き合ってもらって」

三日に一度は病院に顔を出すという息子の賢蔵《けんぞう》がそんなふうに言うと、重蔵は「生意気なこと言いやがって！」とふてくされる。だが悪態をついても重蔵も栄も楽しそうだ。

そんな病室を玲一は少しだけ離れて眺めることにしている。豆腐屋の一家は素晴らしい家族だが、玲一はこの空気が少しだけ苦手だ。温かい家族の中で過ごすということは、玲一が記憶を遠く探しても経験したことがないからだ。

「おばあちゃん、いる？」

大学生ぐらいの女の子がドア代わりのカーテンを引いて顔を出すと、玲一と目が合う。

「すみません」

玲一が場所を譲ると重蔵よりも少し若い中年の女性と女の子が病室に入ってくる。

「まあまあ、ナミちゃん。いらっしゃい」

栄にナミと呼ばれた女の子は玲一の方が気になるのか、栄や重蔵に誰だとたずねている。そのやりとりを見て、玲一は努めて邪魔にならないようにナミに向かって声をかけた。

「自己紹介が遅れてすみません。僕は、重蔵さんの豆腐屋で働かせてもらっています。見習いの黒川といいます」

玲一が自己紹介すると女の子は恥ずかしそうに彼を見上げて重蔵の姪だと名乗った。

「おじいちゃん、何でこんなカッコいい人が豆腐屋で働いてるの！」

ひそひそと重蔵にたずねる女の子を横目に、玲一はひっそりと息をついた。女難の相でも出ているのだろうか。

＊

「近頃楽しそうですね」

最近の玲一は午前三時にバイクで豆腐屋へ出勤して時間ギリギリまで働き、九時に会社へ滑り込んでいる。そんな上司に呆れた様子で敷島は笑う。

「そう見えますか？」

玲一は、最近では会社で書類をめくることも悪くないと思い始めている。

社長業も豆腐屋も食堂も、世の中の何かに繋がって巡るのだと思えば、こうして玲一が社長室で書類と格闘することも、花に繋がっているのだ。

こうやって考えられるきっかけをくれたのはやはり神崎食堂であり、花であると玲一は思う。

そして今日も彼はプロポーズを断られた。

実に百八回目となる。

6

「好きです！」

目の覚めるような声に花は思わず立ち止まった。

声の元を辿れば商店街の細い路地で男女が向かい合っている。

一人は見憶えのある長身で、もう一人は小柄な女の子だった。

彼女は必死に彼を見上げ、彼の方は隠しきれない困惑を滲《にじ》ませて女の子を見下ろした。

このあとどちらが何を言うつもりか知らないが、花が立ち見していていい場面ではない。

早々に立ち去ろうと身を引こうとしたのだが、

――がたん。

そばにあった看板にぶつかった。

慌てて逃げ帰ろうにも花は路地の二人とばっちり目が合った。気まずいことこの上ない。

だが花よりも先に慌てたのは女の子と向かい合っていた男の方だった。

「こ、これは違うんです、誤解です！」

「……いったい何を誤解だとおっしゃるんですか？　黒川社長」

そう、先ほどから路地裏で女の子から告白を受けていたのは暗がりでも間違いようのない長身、黒川だ。花の冷めた目線にもめげずに黒川は弁解を続ける。

「彼女は豆腐屋さんのお客さんで」

「お客さんに言われたからこんな場所に？」

「いえ、その豆腐屋さんの妹さんの娘さんだそうで」

「つまり豆腐屋さんの姪御さんですか。まったく無関係というわけではなさそうですね」

「……はい」

花の淀《よど》みない質問に黒川は自白した犯人のようにうなだれた。

「あの、別に責めているわけでは……」

逆に申し訳なくなって花が付け加えると今度は黒川の方がじっと花を見つめた。

傷ついたような、花を探るような瞳に見つめられると今度は花の方が居心地が悪くなる。

だが、彼の後ろで花を睨んでいた女の子の視線を受けて、花は踵《きびす》を返した。

「お邪魔してすみませんでした！」

結局逃げ帰るはめになった花の背中を二つの視線がしばらく追いかけてくるようだった。


慌てて帰宅した花を不思議そうに迎えた母に先程の出来事を思わず話すと、母は「あらー、またなの？」とあっけらかんと返してきた。

「また？」

「そうよ。社長さんが働き始めてから豆腐屋さんに若い娘さんたちも来るようになったから」

どうやら花が知らないだけで、すでに三人の若い女の子から告白されているらしい。どうしてそんなことを母が知っているのかというと。

「こういう噂は流れるのが早いのよー」

狭い町内のネットワークは光より早い。

生まれ育った町とはいえ、花の知らないことはたくさんあるようだ。

＊

その日を境に豆腐屋に若い女の子が手伝いにくるようになった。黒川に告白していたあの女の子だ。

彼女は豆腐屋のご主人の妹の娘でナミといって、まだ二十歳になったばかりの大学生だ。三姉妹の末っ子で、甘え上手な彼女は中高年のお客さんに可愛がられてすぐ豆腐屋に馴染んだ。

母からナミのことを聞いた花は何となく心の端が竦《すく》んでいくような心地になった。

何となく気まずくて豆腐屋に顔を出せない花とは大違いの行動力だ。こういうとき、他人をうまく味方につける末っ子はうらやましい。ほしいと思えば迷いもしないでほしい物をほしいと答えが出せて手を伸ばせる。それがきっと幸せへの近道なのだろうから。

「あの」

「はい」

食堂には三人の神崎がいるので花に呼びかけるには名前が一番てっとり早い。だが名前でなくても熱のこもった視線で真面目に声をかけられると身構えてしまう。

「結婚してください」

「お断りします」

いつものように花が断りを口にすると、やはりいつものように黒川は「……お会計は」と肩を落とした。その様子が花にいくらかの罪悪感を与えるので、花はできるだけ冷たくならないように「五百八十円です」と口にする。

だが今日はガシャンとけたたましくガラス戸が鳴って、花と黒川だけでなく常連客も目を向けた。

そこには小柄な女の子が蒼白になって立っていた。

どうやら暖簾をくぐろうとしたところだったらしい。暖簾に絡まるようにして体がぐらついている。華奢な女の子なのでそのまま倒れないか花は心配になった。

可愛い女の子だ。Uネックのシャツにワイシャツを重ねて足首までのパンツ姿はいかにも軽やかで、少し染めたセミロングの髪を左の耳元でまとめているのも若くて可愛らしい。丸みを帯びた白い顔には見覚えがある。噂のナミだ。

彼女は蒼白な顔で黒川と花を見比べ、泣きそうになった。

「さっきのは……」

もしかして、もはや挨拶代わりとなったプロポーズを聞いたのか。

花と黒川もそうだが常連客や母、そしてはじめは卵を投げつけてまで追い返していた父でさえも見慣れた光景が異常だったのだとナミの表情でようやく花は気付いた。

「ご、ごめんなさい、帰ります！」

暖簾を払いのけて、ナミは走り去っていく。

思わず呼び止めようとした花だったが、途中でいったい何を言えばいいのかわからなくなった。

今のは誤解だと言うのか。プロポーズは挨拶代わりだとでも言うのか。それは花が感じているだけで他の人、ましてや黒川はどう思っているのだろう。

同じようにナミを見送った黒川をおそるおそる花は見上げたが、彼は困ったように苦笑しただけで「ごちそうさまでした」といつものように仕事へ戻っていった。

＊

夕方の開店を前に、母に買い物を頼まれて花が外へ出ると「ありがとうございました！」という元気な声が聞こえてきた。

目を向ければ案の定ナミだ。お客さんを笑顔いっぱいに見送っている。大学生だから、平日は講義があるはずだが休講にでもなったのだろうか。最近は豆腐屋を手伝う日が増えたと母から聞いた。

にこやかに帰っていくお客さんの手には近頃すっかり人気商品となったおからドーナツがある。ドーナツをざっくりと紙袋に入れただけの包装に最近では小さなリボンのついたシールをつけてくれるという。

見送りをしていたナミの後ろから長身が現れた。黒川だ。夕方になって再び豆腐屋に出勤してきたらしい。

花のいる場所は豆腐屋とそう離れていないせいか、二人の会話が耳に入ってくる。

「おからドーナツはさっきのお客さんの分で売り切れたようですね」

「そうなんですよ！　黒川さんの作ったリボン、評判いいですよ」

「ナミさんのアドバイスのおかげですよ。やっぱり包装に気を遣うと女性が手に取ってくれやすくなりますね」

「いいえ、そんな。私なんかのアドバイスを黒川さんが聞いてくれたからですよ。やっぱりスゴイなあ。社長さんって」

「社長といっても怒られてばかりですよ」

穏やかな黒川と楽しそうなナミはまるで豆腐屋の若夫婦のようにも見える。

花は二人がこちらに気付かないうちにと足早に商店街の喧騒へ逃げ出した。

正直に言えば、黒川の存在は花にとって迷惑そのものだ。

物腰は穏やかでも黒川の容姿は気おくれするし、花が見ている彼がすべてだとも思えない。それは毎日のように繰り返すプロポーズが物語っている。気の弱い人なら一度断られれば諦めてしまうだろうこの奇妙な習慣を、黒川は一度も欠かしたことがない。彼は優しいだけの男ではないのだ。

だが黒川がどういう人であろうと冗談のようなプロポーズに一喜一憂する義理もないし、本気だとしても早く見切りをつけてほしいとも思っている。

お金は大事だが、花には大事なものが他にもたくさんある。

それは自分であったり、家族であったり、時間であったり、大事なものはいくらでもある。

黒川だってそうだろう。花よりも大事なものがたくさんあるはずだ。

好きだという感情だけで何もかもうまくいくはずもないのだ。

買い物に出かけた帰り、花は声をかけられた。

振り返ると見覚えのある女の子がいる。ナミだ。

「あの、ちょっといいですか？」

断られるとは思っていないのだろうか。彼女は強い視線を緩めもしないで花を睨みつけている。

「少しだけなら」と花がうなずくと場所を変えようと彼女は花を連れて歩きだす。

彼女が花を連れてやってきたのは、何の因果か大林と立ち回りをやった公園だった。

またここかと思いながら、花はナミに勧められるまま手近なベンチに腰掛ける。

「──私、よくないと思うんです」

ベンチに座るなりナミはそう切りだした。

「いくら好きじゃない人からプロポーズされてるからって、毎日お客さんとしてお金を払わせて、しかも体《てい》よく追い払うなんてひどいことを続けるのは、あなたのためにも黒川さんのためにもならないと思うんです」

大学生らしいキラキラした瞳で花を見つめる彼女からは、まっさらな空気しか感じられなかった。だから花は何か反論する気も起きずに彼女を見つめた。どうやら彼女は豆腐屋にやってくるお客さんから面白おかしく語られている噂を仕入れたようだ。

ナミは何も言わない花を窺《うかが》うように続ける。

「好きな人、いるんでしょう?」

藪から棒な質問に花が「どうしてそう思うの?」と返すと彼女は口を尖らせた。

「あんな素敵な社長さんに毎日好きだって言われて断り続けるなんて、他に好きな人がいる以外に考えられないし、ありえない」

幸せな結婚したくないんですか、と無邪気にたずねてくる大学生の彼女は、きっと花よりもずっと大人なのだろう。

結婚願望がないとは言わない。けれど、元恋人とのことが花をひどく臆病にもしている。黒川のことは迷惑に思っても、はっきりと嫌いというわけではない。むしろプロポーズさえなければもっと話をして友人になってみたいとも思う。

だが彼の心はすでにプロポーズという形であらわされている。

花はその心に触れる勇気も決断もできないでいるのだ。

花は未熟なのだ。他にたくさんの出会いがあるはずの黒川の愛情がずっと続くとも思えない。かといって結婚に完全に夢を見ていないかといえば、そうではない。結婚に漠然とした幸せがあるようにも思っている。

「黒川さんのこと、どう思ってるんですか?」

素直なナミの質問に、今の花は答えられそうになかった。

「プロポーズはお断りしています」

じゃあね、と花がベンチを立つと甲高い声が追ってくる。

「そういうの、ずるいんじゃないですか!」

そうだ、花はずるいのだ。宙ぶらりんのまま何も決めないでいる。

けれど、そろそろ潮時なのだ。

*

「黒川さん」

「はい」

ナミと話した翌日、レジにやってきた黒川を花は呼び止めた。

社員でもないのに社長さんと呼ぶのも妙で黒川と呼んでみた花だったが、彼女を見つめ返した黒川が予想以上に強い瞳をしたので花は思わず怯みそうになる。だが「ちょっと来てください」と花は黒川に有無を言わさず食堂から連れ出した。

興味本位な客たちの視線から逃げ出して路地に連れ込む。仕事中だが今日こそは大事な話をしなければならなかった。

普段とは違う花の様子に黒川は少し驚いた様子だったが、彼はいつもと変わらない。彼はいつものように日替わり定食を食べた。今日のメインは野菜のかき揚げだった。

「あの……もうやめていただけませんか」

神崎食堂のような小さな店にとって毎日食べにきてくれる常連は貴重だ。花のひと言が原因で常連客が減れば両親に怒られるだろうか。けれど怒られるのは覚悟の上だ。

「もうプロポーズをするのは、やめていただけませんか」

しっかりと花が黒川を見返すと、彼ははっとしたように目を見開き、次に苦しげに顔を歪めて口をきつく結んだ。

その苦しげな様子を見ていると花の方がひどいことをしてしまったような罪悪感に襲われる。それでも花は口を閉じなかった。

「――迷惑なんです。常連客として食堂に来てくださるのはありがたいことですが……」

冗談のつもりならタチが悪い。こう続けようと思った花だったが、それ以上は言えなかった。黒川はいつも真剣だった。それは毎日のようにプロポーズを聞いていた花が一番よく知っている。

だから、冗談だろう道楽だろうと思っていてもプロポーズだけは真面目に断ろうと思ってきたのだ。

「……花さん」

花の言葉を黙って聞いていた黒川がおもむろに口を開く。

「結婚してください」

「私の話を聞いてましたか!?」

思わず返した花に黒川は真面目にうなずく。

「僕のことを、変人だと思っているでしょう」

「……そういう意味では」

「わかっています」

黒川はまた深くうなずいて、苦笑する。

「食堂へ食べに来るのは、僕が日替わり定食を好きなだけです。豆腐屋さんをお手伝いさせていただいているのも僕が手伝いたいだけです」

ですから、と黒川は花を見つめた。

「あなたはもっとずるくていいですよ」

「……もしかしてナミさんとの話、聞きました？」

花の指摘に黒川は「少しだけ」と苦笑する。

「でも僕としては、あなたにはもっとわがままでいてほしいです」

「わがまま、ですか？」

「ええ」と黒川は花に笑う。

「何が好きで何が嫌いか、どんなことが好きでどんなことが苦手か。わがままを聞いた分だけあなたのことがわかりますから」

花はわがままでもずるくてもいいということだろうか。

「そんなこと言ってると、悪い女の人に捕まりますよ」

花が苦笑すると黒川は笑った。

「そのときは花さんが助けてください」

ずるいままでも「花さん」とこの呼ぶ優しい人に心を惹《ひ》かれてもいいのだろうか。

そうやって誰かに心を惹かれてもいいと自分を許していくこともずるいと思うのに。

＊

それから数日後、花はまたナミに呼び止められた。

「私、もう一回告白してきました」

商店街では夕方の買い物客がそろそろ来る頃で、ゆったりとした時間が流れている。そんな流れを嫌うようにナミは花を睨んだ。

「わがままな女性がいいんですって！」

真っ赤に泣きはらした顔でナミはそう叫んで走っていく。

その向こう見ずな背中がうらやましくて、花は彼女を見えなくなるまで見送った。

それから、彼女は豆腐屋に来なくなった。

豆腐屋の常連は残念がったが、黒川は顔色ひとつ変えずに豆腐屋を手伝っている。

ナミはいつも真っ直ぐだったが黒川の気持ちも花の気持ちも考えようとはしなかった。

花は自分の戸惑いを口にはしないでひたすら沈黙した。黒川はナミの気持ちをわかっていながら素知らぬ顔で花にプロポーズし続けている。

さて、この中で一番ずるいのは誰だろう。

7

夕煙の漂う頃になると神崎食堂の夜の開店時間になる。

母が一人で客をさばけなくなったら花もホールに立つこともあるが、夜は酔客も増えるため、基本的に厨房で父の手伝いだ。

手伝いといっても食器洗いが主で、あとは鍋の面倒を見たり、ちょっとした薬味を小皿に載せる程度の雑用だ。夜は単品の注文が増えるので食器洗いが忙しい。

注文のまだ少ない夕方は暇なので、花は父に「人参買ってこい」と追い出された。そうやって買い物を口実に店じまいの近い商店街をぶらぶら歩くのは、花の楽しみのひとつとなっていた。

昼と夜の境目は独特の曖昧な空気が流れて行き交う人々もどこかゆったりとしている。

もちろん早く家に帰りたいと急ぐ人もいるから、夕暮れの商店街をせかせか歩く人も少なくない。様々な人が行き交う道は花にとって目新しく映るのだ。

ビルが建ち並ぶ都会では、誰もが同じように足早に歩くのが普通だった。花もその流れに乗ることが普通だと思っていたし、流れに乗れない奴は空気の読めない奴だと内心邪魔に思った。

自分と同じような大人ばかりの街の中で一人暮らしをしていた頃は、世の中に小さな子供やお年寄りがいることなんて眼中になかった。実際に子供やお年寄りと生活しているわけではなかった花にとって、自分と同じ社会人以外は関わりのないものだったのだ。仕事ができない奴は落ちこぼれで、いつも成功しようとずっと戦っている自分がいつだって素晴らしく、輝いていた。

でも、花が挫折したときに助けてくれたのは、近所のお年寄りや子供たちだった。「あら、花ちゃん。帰ったの」と暗い顔をしていた花に声をかけてくれたのだ。

一番落ち込んでいたときにかけられたその言葉は「お前は負けて帰ってきたのか」と言われたようでいたたまれなかった。ばったり会った中学の同級生は結婚して子供もいて幸せそうで、仕事に失敗して恋人に捨てられた自分が惨めだった。

花のことを何も知らないで、無責任に「どうしたの」と声をかけられるのが苦痛だった。けれど、それだけだった。

過去に自分と出会った人たちがひと言だけをくれ、それ以上のことは何もない。助けてもくれない代わりに、花をなじりもけなしもしなかった。

花の知らない世の中は、冷たくて優しかったのだ。

それに気付いたとき、花の世界は夕暮れのようにほんのりと明るくなった。

再就職は未だにうまくいかないが、今では散歩も楽しめる。

父に買い物を言いつけられると口実ができたと商店街へと散歩に出かける花の寄り道を父や母も気付いているだろう。だが、突然実家に帰ってきたときと同じように特に何も言わなかった。

今日も店じまいしかけていた八百屋で人参を買うと、またぶらぶらと歩く。

そうして歩いていると豆腐屋の引き戸からスーツ姿の長身が現れた。

花の視線が特別強くもないのに、黒川は敏感にこちらに気付いて足早にやってきた。

「こんばんは、花さん」

いつも手ぶらの黒川が今日は珍しくブリーフケースを持っている。そうしているといかにもビジネスマンといった雰囲気で、豆腐屋で働いているとは思えない。

「買い物ですか?」

目敏《めざと》く花の手元の人参を見つけたようだ。黒川は如才なく花の隣に並んだ。

だから花も自分の推測を口にする。

「いつもこれぐらいにお帰りなんですか?」

黒川はいつもの微笑みに少しだけ苦さを混ぜたような顔をした。

「今日は少し早いんです。普段はもう少し片付けを手伝ってから帰るんですよ」

そう言いながら目を伏せる黒川はブリーフケースを花の視線から避けるように持ち替えた。もしかしたらこのブリーフケースの中身が黒川の少し暗い顔の原因かもしれない。だが花は別のことを口にする。

「お帰りなら、いつものお迎えは来ないんですか?」

花が話題をそらすと、黒川はほっとしたように「これから電車で帰社します」と表情を和ませた。

黒川が駅に向かうと言うので、花も何となくついていくことにした。

「これから、またお仕事なんですか？」

「呼び出されたんです。休暇も楽じゃありません」

「休暇？」

花が思わず声を上げると黒川は「ええ」と穏やかにうなずいた。花が知る限り黒川がスーツ以外で食堂にやってきたことはないし、いつも秘書の迎えで慌ただしく会社へ帰っていく。

「休みを取れと前々から言われていまして。ですから秘書や人事と交渉して、半年分を半休暇ということにしてもらったんです」

黒川は一日の出社時間を減らし、その分を休暇として扱っているのだという。しかも半年も。

「そんなことできるんですか？」

「僕が勝手に考えたものです。でも、これがモデルケースになればいいと思ったんです」

介護や病気、怪我など様々な理由で会社を辞める人がいる。せっかく雇った人材を辞めさせるのは会社には不利益だ。

「育児休暇や介護休暇、フレックスタイム制とは別に、長期間の半休というようなことができればいいと思うんです」

人事部の手間は増えるだろうが、長期で半休を取れるのはよい制度だろう。だが花は疑問を口にする。

「でも、他の人の仕事が増えることになりませんか？」

育児だろうが病気だろうが人が一人休めばその仕事は誰かに押しつけられることになるのだ。

「だからこその半休です」と黒川は動じず答えた。

「出社したときの仕事量は変わりませんからね。営業などの外回りでの調整は難しいですが、分担できるところは分担して、その人でなければできない仕事はその人が受け持つという形を制度にできないかなと」

そのモデルケースとして黒川自身で試しているのだという。だが花にしてみれば朝から晩まで会社と豆腐屋を行ったり来たりしている黒川が休暇を楽しんでいるとは到底思えない。会社で働いていた頃は仕事に全力で打ち込んでいた花にしてみれば、黒川の作ろうとしている制度が必要とも思えなかった。

「半休を使えば、自分の成績は伸びませんよね？　昇進したいと考えている人からすれば必要のない制度だし、むしろ他の人から仕事を押しつけられて迷惑に思うかもしれないし、営業なら得意先を他の人に取られてしまうかもしれないし」

花がやってきたすべてのことをほとんど一息に吐き出してしまうと、花の目に駅が見えてきた。買い物客がゆったりと歩いていた商店街とは違って、駅の周りは帰宅する人が多い。足早に歩く人々の波は以前の花には見慣れた光景だった。

「花さん」

黒川は立ち止まって花を見つめた。

「あなたは長期半休という制度が社会貢献をアピールしたいだけの制度だと思いますか？」

「え？」

花も続いて立ち止まって黒川を見上げると、彼はゆったりと微笑んだ。

「僕は、何も就業時間が半分だから仕事を半分だけしろと言っているのではないんです」

「え？」

「仕事の早い人、遅い人は必ずいます。僕はそこで仕事ができるできないを判断しようとは思わない。半分の就業時間でいかに効率よく成果をあげられるかを考えられる人を評価したいと思っています」

それに、と黒川が花を見つめる。その瞳は食堂や豆腐屋で出会うどの黒川とも違った。

「努力は誰もができる最大の力だと思いますから。結果が失敗でも成功でもかまわないと思いますよ。僕は過程と結果を分けて評価します。たとえ利益だけが上がったとしても、次に続かない結果はあぶく銭のようなものですからね。惰性で続ける努力こそ非効率です」

夕暮れの商店街で見上げるにはひどく冷たい瞳だった。黒川はどこまでも冷徹な経営者だ。常に社員を冷静に観察している。妥協を許さない姿勢は、甘いどころか誰より厳しい。

黒川の冷たい瞳に花の甘さを問われているようだった。

黒川は、以前の会社で花がやってきたことを非効率だと断言したのだ。

花は結局のところ自分のことだけを考えていた。

自分の仕事の成功と、自分の人生設計の成功がすべてだった。その中心が仕事だったし、嫉妬も優越感も仕事にすべて含まれていた。そんな花にとってリストラはすべての終わりを意味していた。

――神崎さん、またやったらしいよ。

化粧室からときどき聞こえてくる噂話。仕事を成功させるたびに嫉妬混じりの噂話が飛び交っていた。

今でも、その甲高い声が耳にこびりついている。

「――黒川さん」

花は黒川をじっとりと恨めしげに見上げた。目の据わった花に黒川はちょっと引き気味に「はい」と答える。

「お時間ありませんか」

花の静かな剣幕に、黒川は若干怯んでうなずいた。

駅前に近い精肉店では精肉の他にハムカツやコロッケをその場で揚げて売っている。その精肉店で花がたまに買うのが、

「大学いも、ですね」

黒川はとろりとした光沢を放つイモを覗き込んだ。

花に促されるまま大学いもを買わされた黒川とやってきたのは、大林やナミと話をした公園だ。

ベンチに座ろうとした花に黒川はハンカチをベンチの座面に敷いてくれたが、明らかに高そうなそれに遠慮した。これを尻の下に敷けるほど花はお嬢様ではない。ハンカチを返すと黒川はやや残念そうにしたもののハンカチを引っこめてくれた。

ハンカチを懐にしまった黒川は、早速大学いもを口に放り込む花を不思議そうに眺めている。

この大学いもは精肉店の奥さんが花の生まれる前から揚げている。二百円で持ち帰り用のジュースのコップに入るだけ詰めて、ジュースのふたで閉じてくれる。ちょうどストローをさすところに爪楊枝《つまようじ》をつけてくれるので、持ち歩いて好きな場所で食べられるというわけだ。

かりかりになった蜜を噛めば、乱切りのサツマイモのほくほくとした甘味が溶けて、蜜と一緒に穏やかに口の中で広がる。蜜の他には何もかけられていない大学いもは、子供の小遣いで買える密かな楽しみだった。

成長するにつれてお洒落なお菓子や食べ物も口にするようになったが、何かあるとこの大学いもを買って食べるのは変わらない。何かで落ち込んだとき、大学いもを食べるとそれが和らぐような気がするのだ。

柔らかな甘さなのにどっしりとお腹に溜まる大学いもは、花の大事な燃料だ。

大学いもを何も言わずに頬張る花を黒川はしばらく眺めて、

「……何かありましたか？」

と穏やかにたずねた。声をかけられた花はようやく爪楊枝を動かす手を止める。口の中の大学いもをもぐもぐと飲み込んで、息をついた。

「黒川さんと話していて嫌なことを思い出したんです」

「それは……すみませんでした」

ばつが悪そうにする黒川に花は「いいえ」と息をついた。

「──会社にいた頃、私、ずっと頑張っていたんです」

会社にいた頃の花は失敗をほとんどしなかった。ほとんどのことがうまく成功して評価を得て、仕事は順調だった。同僚とも上司ともうまくやっているつもりだった。

「でもどんなに頑張っても評価されないことってあるんですよね」

言いたいことをはっきりと言う花は、女子社員からは避けられていた。何かを遠回しに伝えたいと思うこともないし、誰かの悪口を言って楽しめもしなかったのだ。男性社員ばかりの飲み会に出席することも多かったし、当時の女子社員に人気だった大林と付き合っていたことも女子社員からのやっかみを買った。群れて悪口や噂話しかできない社員よりも自分は優秀だと思っていたし、会社においては成績がすべてだと思っていた。

今思えば、花はお高くとまった意識高い系の煙たい女だったのだ。

「……頑張っていれば誰かが評価してくれるなんて、甘いことを考えていたんです」

会社が経営不振に陥ったとき、まさか自分がリストラの対象にされるとは思いもしなかったのだ。

──神崎さん、またやったらしいよ。

そう囁《ささや》かれていたのは、仕事の方針について納得がいかなくて営業部長に噛みついたときだったか。間違いを指摘された上司は顔を真っ赤にしていたものだ。

花が重役の愛人で、その重役に告げ口していると、噂を流されたこともある。犯人は花を一方的に避けていた女子社員だった。他にも、枕営業をやっているだとか大企業の重役の愛人なのだとかいうひどい噂も飛び交ったものだ。

──君の噂を聞いてね。

事実確認をしたいんだ、と人事に呼び出されたときは何の冗談かと思った。違いますと否定したものの誰も信じてくれなかったとわかったのは、後日リストラ対象に名前が挙がったことで知れた。

大林が保身に走って花を捨てたのもうなずける。これだけ垢のついた女を、自らの将来を一番心配する大林が助けてくれるはずもなかった。

「うぬぼれていたんです」

誰かが助けてくれる、誰かが見てくれる、と花は信じていたのだ。

最後まで花を案じてくれていたはずの元教育係の上司も「本当に何もしていないんだ

な」と確認してきた。

——結局、誰も信じられなくなった花は会社を辞めることにした。

実家に逃げ帰った頃は惨めで仕方なくて、毎日のように大学いもを食べた。そうしたら退職のショックで痩せていたというのに、大学いものおかげで少し太った。

食堂の手伝いは少しでも痩せるために始めたと言ってもいい。

それまでは、実家の部屋にこもってどうすれば自分を見捨てた人たちを見返せるかということしか考えていなかった。実家の改装案を両親に見せたり、新しいメニューを開発したり、商店街の町内会で改築を提案したいと言ったり。闇雲だった。

花はあのときのどうしようもない気分を思い出してしまい、大学いもを口に放り込んだ。

「花さんらしいですね」

黒川は花の失敗を聞いて苦笑しながら大学いもを口にする。

「……さっきの話に笑うところなんて何もないんですけど」

花が黒川を睨むと、彼はますます笑った。

「無鉄砲なところが危なっかしくて、花さんらしいです」

「食堂でそんなことは、したことないと思います」

口を曲げる花を横目に黒川は「危なっかしいですよ」と言う。

「僕みたいな素性もわからない男に身の上話をしたり、こうやって二人きりになったり。僕が詐欺師だったら花さんほど騙しやすい人はいません」

「詐欺なんかに引っかかりませんよ」

よっぽど怒鳴ってやろうかと顔を真っ赤にする花に黒川は笑った。

「人を騙すとき、嘘は最低限の方がいいんです」

そう言って花を見る黒川は微笑みをたたえたままだ。

「……もしかして、本当は社長じゃないんですか？」

不安になった花がついそう口走ると黒川は堪え切れないように口元を手で覆った。

「そんなに笑うことないじゃないですか！」

肩を揺らして笑いを堪える黒川に花が怒鳴ると「すみません」と黒川は息をつく。

「花さんなら、アポイントメントなしで社長室まで案内するよう受付に伝えておきますよ」

本社ビル自慢の社長室をお見せしますから、と言う黒川は楽しげだ。

まるで子供のようなこの人が本当に社長なんだなと思う反面、どうしてこんなふうに笑う人が社長なんだろうと花は思う。

黒川が社長でなければ。食堂に来なければ。豆腐屋で働いていなければ。花が会社を辞めなければ。食堂を手伝わなければ。

たくさんのもしも、を選ばずに、こうやって二人で大学いもを食べているのが不思議でならなかった。

もしも、花さんと呼ぶこの人に出会わなければ。

「僕は花さんが会社を辞めてよかったと思いますよ」

黒川は花の人生の大きな失敗をいたって穏やかな顔で口にする。

「水が合わないことはよくあることです。残るか去るかは自分次第です」

黒川の言葉はどこか甘くない。「僕としては」と彼はむしろ楽しげに続ける。

「花さんが食堂にいなければプロポーズもできなかったので、辞めていただけて幸運でした」

「……そういうことを平気で言うから断られるんですよ」

花が顔をしかめて悪態をつくが、黒川は穏やかな笑みのまま大学いもを頬張った。

黒川はやっぱり優しい皮を被っただけの、人のことなどおかまいなしの傲慢な男なのだ。

その整った横顔を眺めているとつくづく美形は得だと思う。こうして大学いもを食べていてもなぜか様になって見える。

「花さん」

大学いもを食べ終えた黒川は静かに口を開いた。

「豆腐屋の奥さんの退院が決まりました」

「それは、おめでとうございます」

花の言葉に黒川は「ええ」と鈍く返す。

「奥さんが退院されるので、そろそろ僕は豆腐屋見習いお役御免です」

「え？」

奥さんが退院することと黒川が豆腐屋を辞めることに花は繋がりを見いだせず聞き返す

と、黒川はどこか遠くを見るように目を細めた。

「元々奥さんが退院するまでという約束でしたし、僕の方も少し忙しくなるので休暇を切り上げるよう言われているんです。時間を見つけて豆腐屋さんに顔を出すつもりではいますが」

彼は道楽と言われながらも朝早くから真面目に頑張った。彼が妥協しなかったから、豆腐屋のご主人も彼を認めたのだ。

努力しても認められるとは限らない。成功するとは限らない。うまくいっていたことでもやり遂げられるとは限らない。花も痛いほどわかっている。

何か言おうとしたが、結局何も言えなくて花は手元に視線を落とす。

カップの中には、大学いもがひとつだけ残っていた。

「黒川さん」

花の呼びかけに顔を上げた黒川に、花は自分のコップから彼のコップに大学いもを放り込む。

放り込まれた大学いもを目で追った黒川は不思議そうにコップの中を見つめたが、

「……ありがとうございます」

と少し笑って口に入れた。

花は空になったコップにふたをする。

大学いもが少しでも黒川の燃料になればいい。

ふんわり甘くても、それは確かな力をくれるのだと花は知っているから。

*

「お世話になりました」

玲一が深く頭を下げると豆腐屋の主人である重蔵がうなずいた。

「すまねぇな。本当はもっと手伝ってもらってかまわねぇんだけどよ」

重蔵が少し顔を曇らせるのが申し訳なくて、玲一は「いいえ」と努めて穏やかに微笑んだ。

「元々無理を言って勤めさせていただきましたから。奥さまを大事になさってください」

奥さんの栄の退院を機に玲一は豆腐屋を辞めることになった。それは元々の約束でもあるので納得ずくのことであって、重蔵の表情が渋いのはまた別のことが原因だ。

豆腐屋の作業場の奥にある小上がりの畳で、玲一と向かい合いあぐらを組む重蔵は「しょうがねぇな」と息をついた。

煙草も酒も止めたという重蔵は熱い緑茶を飲むのが大好きだが、今日はそれを苦い顔で飲み込む。

「息子には何度も違うと言って聞かせたんだがな。あんたと会って日が浅いせいか、オレが騙されてるんじゃねぇかって全然信じやがらねぇ」

厳しい重蔵に信頼をもらえたことが玲一にとって一番のことだった。誠実には誠実を返してくれる心情が何より嬉しい。

「……結果的に見れば、僕はご主人から職人技を横取りするようなものですから、息子さんの言うように騙すようなことになってしまったのは僕の不徳です。本当に申し訳なく」

「よしてくれ、黒川さん。あんたは仕事しただけだよ」

こうして認めてくれる重蔵の言葉が、今の玲一には深く刺さった。

近々、黒川コーポレーションの食品系列の会社で、ある新商品が発売されることになった。

サトウ豆腐店の噂を聞きつけた社員が話を持ちかけたものであった。秘書の敷島によれば、社内会議に異例のスピードで企画が通ったのは社長である玲一が開発に携わったことが大きかったという。

玲一がこの企画を目にしたのはすでに市場調査まで終わったあとで、新商品の試作をどの工場で行うかという許可を求める書類だった。

玲一は社内で掛け合い、自分でサトウ豆腐店に直談判をすることを決めた。

しかし怒鳴られ追い出されることを覚悟で行った玲一の予想を裏切り、重蔵は二つ返事でレシピの使用許可をくれた。

「元々あんたが作ったレシピだ。それに大勢の人に食べてもらうには、いっそのこと大きな工場で作った方がいい」

重蔵の言う通り、サトウ豆腐店でできるだけの量を作っても、夕方前になると売り切れている。夕方に買いにくる客はいつも残念そうだ。

「自分の仕事に自信を持ちな。朝三時から頑張って働いただろう。誰が何と言おうとあんたの頑張りはオレが一番よく知ってる」

自信を持て、と重蔵は言い切った。玲一はそう言い切れる重蔵が羨ましかった。

花には成果や教訓のない努力は非効率でしかないと言ったし、彼女自身も努力が実るわけではないと言った。

誰かが自分のことを認めてくれるのは、奇跡のようなことなのだ。そしてそれがその人にとって宝になる。

重蔵は二つ返事で承諾したが、栄が退院してから店を手伝うという息子の賢蔵はそうではなかった。

黒川コーポレーションは自他共に認める大会社だ。ありがちな圧力をかけて騙そうとしているのではないかと今も疑心を向けられている。

「この契約書は本物ですか？」

契約の時に重蔵と同席した賢蔵は始終玲一を睨んだままだった。

それが普通の反応だろう。

海千山千の経営者や投資家、企業家などと普段渡り合っている玲一にとって賢蔵の方が理解しやすい。

だが、騙されやすいと一蹴されてしまいそうな重蔵の信心こそ、疑いや偽りを飲みこんでしまえる心の強さなのだとしたら、それは何としたたかなのだろう。

玲一はずるい人間だが、この頑固な豆腐屋に対してはどこまでも誠実な仕事相手として接しようと決めている。そうすれば、重蔵のような真面目な人間に近付けそうな気がするのだ。

「またいつでも顔を出しな。見習いとしちゃあ、まだまだなんだからよ」

そう言って笑ってくれる重蔵に恥じないよう、生きたいと思うのだ。

＊

花と話した数日後、一陣の風の如《ごと》く話題をさらった黒川が商店街を去ることになった。期間限定の従業員を退院してきた奥さんもいたく気に入っていたらしいが、黒川が辞めるのは元々の約束だ。

いつの間にか息子も店の手伝いに戻っていることもあって、豆腐屋の賑わいは安定を見せ始めている。

退職するその日も黒川はいつも通りに早朝三時から豆腐屋で働いた。夕方の接客が最後の仕事だというので、彼が帰る頃には商店街中から彼を見送りに人が集まっていた。

いつもなら夜の営業の仕込みをしている三軒隣の神崎食堂からも母と花、それから珍しく父までもその集団に交じっている。少し痩せたけれど元気そうになった奥さんから花束をもらった黒川は嬉しそうに顔をほころばせた。

「皆さんありがとうございます。お世話になりました」

彼のさほど大きくもない声がよく響く。

今はすっかり見慣れたエプロンはなく、長身によく似合う紺のスーツが古い商店街には不釣り合いなほど上等に見えたが、不思議なほど彼はこの商店街の人々に馴染んでいた。

駅前の八百屋のおじさんまで彼の肩を叩いて惜しんでいる姿を眺めていると、まるで昔から彼がここにいたかのように思ってしまいそうになる。

——もしも本当に彼が社長ではなく、豆腐屋さんだったなら。

花の目に黒川はどう映っていたのだろう。

ありもしない、もしもが花の錯覚を彩って離れない。

「花、おいで」

イケメン店員とのお別れに最前列へ行っていたはずの母に手招きされる。

何だろうと近寄ってみるとばさりと花束を渡された。

どうしたんだ、と花が母を見返すと周りにいた人たちが笑顔で道を開けている。

どこへ続くのかは顔を上げれば一目瞭然だった。

少し苦笑気味の彼がこちらをじっと見つめている。

熱いような冷たいような、その瞳に吸い込まれるように彼の目の前に立つと足が竦んだ。

花の足はいったいどうしてしまったんだろう。

しかし動けなくなった花の代わりに長い脚が一歩、二歩と歩き出し、とうとう花の目の前に立った。

見上げれば、やはり逃げ出したくなるほど静かな黒川が花を見つめていた。

花を目の中に焼きつけようとするかのような彼を見上げていると、集まっていた人たちのざわめきがいつのまにかどこかへ引いていく。

待って、と言おうにも喉がなぜか仕事をしない。なんて怠け者なんだろう。声まで無職になるなんて。

そんな花を見て取ったのか、黒川の方が「花さん」と口を開く。

「――結婚してください」

今や挨拶代わりになってしまったプロポーズ。

昼時の忙しい店の中で聞くその言葉が、今は静かな夕焼けにふわりと浮いて花に届く。

豆腐屋の奥さんにもらった花束を抱えたその人がなぜかとても眩《まぶ》しくて遠かった。

「――お断りします」

ようやく仕事を思い出した声が言葉を口にすると、自然と顔がほころんだ。そうしてやっと花は自分の顔が思っていた以上に強張っていたことを知らされる。

どうしてこの人はこんなふうに気付いてしまうんだろう。

花よりも大きくほっと息をついて目を細めた黒川がおかしくて笑うと、彼も嬉しそうに笑った。

「お疲れ様です。ありがとうございました」

母から預かった花束を差しだすと、「ありがとうございます」と彼は微笑んだ。

けれど、あとで気付いた。

その日、黒川はいつもの言葉を口にしなかった。

——また昼に来ます。

そう言って、いつも挨拶を綺麗に結ぶのに。

*

花のとりとめもない疑心が証明されたのは、その翌日のことだ。

豆腐屋を辞めた黒川が食堂に顔を見せなくなった。

そして、もう少し経ったある日。

彼の会社からおからドーナツが発売されることになった。

8

商品がたまたま一緒だっただけよ、と母は言うが、そのおからドーナツは花が食べたものと似通っていて、どうしても疑いを捨てられなかった。

黒川は商店街に市場調査目的で来たのではないか。

スーパーの店頭に並んだおからドーナツを見かけるたびに自分の疑心を見るようで、花は三軒先の豆腐屋から足が遠のいていった。

たとえ事業の一環だとしても、社長がわざわざ市場調査にやってこないことぐらい頭ではわかっている。

けれど、どうしても花の臆病な疑心は晴れなかった。

こうして花が悶々《もんもん》としている間にも彼は現れない。

黒川は仕事柄、出張したり会議があったりと多忙なため食堂に現れないこともあったが、これほど長く時間があいたことはなかった。

何となくそわそわとして落ち着かない。あんなに迷惑だと思っていたのに。

これではまるで黒川に会えないことが苦しいと言っているようなものだ。

「大丈夫かい、花ちゃん」

食堂へやってくる常連客もぼんやりとしている花にそんな言葉をかける。

「大丈夫です」と笑ってみせても常連客の顔は晴れなかった。きっと花の顔が曇っているからだ。

元気だけが取り柄の花が四六時中こんな調子だから、父も母も花の好物の肉じゃがを夕飯に出したりして気を遣ってくれるのが申し訳ない。

それでも店員として食堂を手伝うのが今の花の唯一といっていい仕事で心の支えだったのだが、この日ばかりは店に出るんじゃなかったと後悔した。

「――話がある」

この食堂のど真ん中で告白劇をやってくれた大林が再びやってきたのだ。

商店街の中ではすぐ噂が広まるので、花は商店街を離れた喫茶店に大林と連れだって入ることにした。この辺りは以前勤めていた会社からも遠くて昔の同僚に会うことも少ないと思ったからだ。

花がメニューも見ないで可愛げもなくコーヒーを頼むと、大林は少し苦笑する。

「お前と店に入ると、注文を待たなくていいから楽だな」

確かにそうだな、と思うのは花の注文が決まっているからだろう。

喫茶店に入ればコーヒー、居酒屋に入ればビール。

花は普通の女の子のようにメニューを開いて決めることはあまりない。

せっかくだからパフェでも頼もうかとメニューを手に取りかけると、大林の顔つきがビジネスマンのそれに代わる。

「——神崎。お前、俺に黙ってたことがあるだろ」

「何それ」

「黒川コーポレーション」

なるほどそれか、と花はメニューを取りだしてテーブルで開いた。

「確かに黙ってたけど」と花がうなずくと大林は「お前って本当に……」と深く溜息をつく。どうせネットか何かで黒川のことを見かけたのだろう。黒川の目立つ顔のことだ。すぐわかる。

「会ってすぐわからない方が悪いと思うけど」

「それはお前……っ」

「……それより今は、お前に聞きたいことがあるんだ」

メニューを選びながら言う花に大林は言葉に詰まって再び溜息をついた。

何のことかと目配せすると、大林は神妙な顔で声を低くした。

「お前の住んでる商店街に再開発の話があるって知ってるか？」

「知ってるけど」

母ほどではないが花にも地元の自治会の話ぐらいならすぐ耳に入る。

「あの話はずっと断ってるはずよ。うちは地価が高いし」

商店街の客足は減っているものの、駅に近いので事業者が買い叩《たた》けるほど安い土地ではないのだ。

最近は土地を買い上げて商店街をショッピングモールに取り込んでしまう事業が多い。花が会社員時代に手がけたプロジェクトの中にもそういった事業があった。商店街側も集客を見込んでショッピングモールに出店するが、高い賃料を払えなくなって撤退してしまった。開店当初はうまく経営できていても年月が経つにつれてうまくいかなくなる例はいくつも見ている。

かつての花は、自分の仕事はプロジェクトをうまくクライアントに認めさせて成功させるまでで、あとの経営はその店の努力次第だと思っていた。けれど無職になって実家の食堂へ戻った今は本当にそれでよかったのかと思う。

もっと何かいい方法がなかったのか、と。

「俺の会社も立地条件がいいから目をつけてるんだが、あの黒川コーポレーションも目をつけてるらしいんだ」

メニューに載せられているクリームがたっぷりと盛られたパフェを見つめて、花は大林の言葉を頭の中で反芻《はんすう》する。

黒川コーポレーションが、再開発事業に、商店街を。

単語の羅列だけが渦巻いて、うまく考えがまとまらない。

「うちの会社では噂話程度のことになってるけど、俺は接点を知ってる」

接点。そうだ。豆腐屋には彼がいた。

「裏がほしい。お前、何か知らないか」

花が知っているのは、わずかなことだ。

背が高くてイケメンで、ブラックカードを持ってること。

日替わり定食が好きで毎回残さず食べること。

ドーナツをくれたこと。

花を心配してくれること。

挨拶代わりにプロポーズをすること。

優しいけれど、どこか憎らしいその人のことを思いだすと花はなぜか泣きたくなる。

「……すみません、追加注文いいですか」

大林を無視して花がチョコレートパフェを注文すると、彼は目を丸くする。そういえば、この男の前では甘い物なんてほとんど食べなかった。大林は甘い物が苦手なので、自分では気付いていないだろうが嫌な顔をするのだ。

「お前も甘い物食べるんだな」

大林がそんなことを言ってくるので花は苦笑する。

「……そうだよ。私も女の子だからね」

女性は甘い物が好きだから、とドーナツを勧めたあの人とは大違いだ。

普段の花なら、女がみんな甘い物が好きだとは限らないだろうと食ってかかりたくなるというのに。

パフェを待つあいだ、手持ち無沙汰でカーディガンのポケットに手を突っ込むと、かさりと音がする。紙が入っている。

何だろうと紙を開いて「あ」と花は声を出していた。

ドーナツをもらったときに入っていた、あの手紙だ。手紙を押しつけて以来、何となく着ないでクローゼットに掛けっぱなしだったカーディガンを、今日に限って羽織ってきてしまったのだ。

手紙には丁寧で綺麗な字が花を責めるように整然と並んでいて、最後に添えられた名前を思わず指で隠してしまった。

こんなことをしても、誰からの手紙かわかっているのに。

——カッカカッ！

手紙に気を取られていた花は騒々しい靴音に気付けなかった。

「お客様！」と店員の悲鳴が聞こえ、「やめろ！」と大林が大声を上げた。

そんな騒ぎにようやく顔を上げた花の視線の先には、鬼のような顔をした女がチョコレートパフェをかかげていた。

「ユキオに今さら何の用なの、このあばずれ！」

やばい、と思ったときにはもう遅い。

チョコレートパフェが花を目がけて逆さに降ってくる。

熱いコーヒーではないので手をかざせば幾らか被害は避けられるというのに、花はできなかった。手の中に一枚の紙切れがある。それを胸にうずくまっていた。

馬鹿じゃないの、と冷たいアイスと生クリームを頭からかぶりながら花は自嘲する。

貧乏食堂の無職女を馬鹿にしているのだろうと、プロポーズを避け続けた花の方がきっとどこか馬鹿にしていたのだ。彼はずっと真剣だったのに。肩を落として帰っていく後ろ姿に、同情はするものの意地になった花は決してうなずかなかった。

——これはきっと罰だ。

素直になれない花に与えられた、相応しい罰なのだ。

「やめろ！　ミキ！」

「いやよ、その女なんでしょ。前の、忘れられないカノジョって！」

「そうじゃない。その話はもう終わった！」

「だったらどうしてこんなところで会ってるの……！」

痴話喧嘩に加えてばしゃ、と水まで飛んでくる。

小綺麗なスーツのこの女は、大林の今の恋人の近藤だろう。どういうわけか花と大林が密会していると思ったらしい。

ここまでくると失笑しか出ない。

ようやく顔を上げると頭の上から冷たいものが流れ落ちた。この匂いはバニラアイスだろう。

転がった器をよく見ればチョコレートソースが残っている。花の顔はバニラとチョコでまだらになっていることだろう。もったいない。

　飲食店に身を置く者としてはひと言投げてやらなければと顔を上げると暴れる女と止める大林の向こうで店員さんがタオルを持って困り果てていた。

　店を出た方がいいかもしれないな、と席を立とうとすると、バタンと喫茶店のドアが豪快に開いて店に重い靴音が響いた。

　――どうして。

　どかどか、と走り寄ってくるその人から逃げ出そうと花は腰を上げるが、べしゃりとクリームを床に振り撒《ま》いただけだった。

　――どうして今ここにいるの。どうしてそんなに怖い顔をしているの。

　震えた花をその人は大きな手の平で捕まえて、

「何があった、花！」

　問い詰めるように言うものだから、花は思わず目をきつく閉じた。

　大きな声が花を追いつめるようでどうしようもなかった。

　どうしてここにいるんだろう。どうして逃がしてくれないんだろう。

　まるで崖っぷちにでも立たされたようだ。

「花！」

　答えられない花に苛立《いらだ》ったのか、花がきつく手に握り込んでいる紙切れを大きな手が力尽くで奪っていく。優しかったこの人には、こんな力があったのだ。花はますます歯をくいしばって耐えなければならなかった。

大きな手に捕まえられて無理に開かれた手の平にはただの紙切れが一枚だけ。

花の腕を掴んだまま、その紙切れを見た彼の溜息が聞こえた。

「……まさか、こんなもののためにパフェをかぶった……？」

この人が、社長であってもそうでなくてもいい。

そんな溜息は聞きたくなかった。

我慢していた花の何かが壊れていく音がする。

がらがらがら、と崩れていく中で花は自分の嗚咽《おえつ》を聞いた。

なんてみっともないんだろう。

まるで何もできない子供だ。

甘い物なんて大嫌いだ。

ドーナツなんて大嫌いだ。

紙切れ一枚にしがみつかなければ立ってもいられない自分なんて大嫌いだ。

「……はなして」

花は掴まれた腕を引っ張り返そうとするが、頑丈な手錠のように彼は力を緩めなかった。

「離して！」

会社をクビになっても、恋人から別れを告げられても、ひどく落ち込んだものの花は泣かなかった。

そんな花が、こんなことで。

「あなたなんてきらい！　だいっきらい！」

花を好き勝手にかき乱すだけの男なんて大嫌いだ。

不意に彼の手から力が抜けて、するりと花の腕が落ちる。

せめてあの紙切れだけは返せ、と自分でもよくわからない理屈で顔を上げると、今度は体がさらわれた。

上等なスーツにアイスが流れてべっとりとつくというのに、大きな体が花を包んで離さない。

「離して……っ！」

もがいて叫んでも腕は緩まなかった。

彼はクリームでべとべとの髪を整えるように長い指でゆっくりと梳《す》く。

そして優しい声が囁くように、溜息のように繰り返す。

「……怒鳴って、一人にして、ごめん。僕が悪かった」

本当にごめん、と花の顔をスーツに押し付けるようにして抱きしめられる。

自力では逃れられないとわかると同時に、花は大声で泣いていた。

どうして私を一人にするの、とぐずるワガママな猫のように。

＊

「……申し訳ありませんでした」

「声が小さい」

そう断じると、近藤ミキは小顔を真横に向けて「チッ」と舌打ちするので、容赦なく「もう一度」と花は命じた。決してその小さくて綺麗な小顔が羨ましいとかそういうことで言わせているのではない。

花が睨みをきかせていると、近藤は渋々といった様子だったが頭を五十度以上に下げて「申し訳ございませんでした！」と半ば叫ぶように謝罪を繰り返した。

「も、もういいですから……」

たじろいでいるのは喫茶店の店主とその奥さまだ。近藤はふらふらと大林の背中の影に隠れて花を睨みつけてくる。

その様子がおかしくて花は鼻で笑う。

「なあに？　他人《ひと》さまをあばずれ呼ばわりしながらパフェぶちこんでくれたくせに、その態度は」

花は決して悪役を楽しんでいるわけではない。

喫茶店で大立ち回りを披露した花たちだったが、喫茶店の店主がとてもいい方で野次馬の餌食にならないうちにバックヤードに花たちを引き入れてくれたのだ。

幸いにしてそのときの店内は常連客ばかりだったから大丈夫、と言って花に洗面所とタオルまで貸してくださり、様子を聞きつけた奥さまがクレンジングまで貸してくださった。

神様が住んでいらっしゃるのだろうかと花は拝みたくなった。

もちろん床にぶちまけたパフェ代も込みでお支払いはしたが、後日改めてお詫びに伺うべきだろう。

そんなことをしているそばで、大林と近藤はこっそり店から去ろうとしていたようだが、彼らは黒川がうまく捕まえてくれていた。

そうして大林ともども、店主方《がた》に平謝りしたわけだが「一番迷惑を被られたのは他のお客さまですから」と謝罪は聞き入れてはくれなかった。

しかし花と大林が謝罪を繰り返しているそばで、あろうことか一番の原因の女はそっぽを向いて「私悪くないのに」と愚痴をこぼしていたのだ。

「ええ、ええ、そうですね。あなたは可愛いですよ。好きな男のために食べ物を粗末にしてまで乗り込んで来たんですからね。でしたら、後始末まできちんとしたらいかがでしょうか。その頭蓋骨の中に入っているはずの脳みそはアイスクリームでできてるんですか？もしかして溶けてなくなっているんですか」

「花さん、花さん。本音が出てしまっていますよ」

花に苦笑するものの近藤を庇《かば》う気はなさそうな黒川が親切にも教えてくれた。

「すみません、いけませんね。社会的に抹殺してやるぞ小娘、の間違いでした」

おほほ、と愛想笑いをしたが、すでに近藤の耳には入っていたようで愕然《がくぜん》とした顔で花を凝視していた。

「……お前がうちの部署でなんて呼ばれてたのか思い出した」

すでに泣き出している自分の女を慰めながら、大林は花に苦々しく言う。

「あら何かしら。渾名はお局《つぼね》さま？」

「毒舌女王」

失礼な会社だ。辞めてよかった。

「な、何でこんなにひどい人と付き合ってたの。ユキオ」

嘘泣きをしていたはずなのにすでに本泣きが混じった近藤が鼻声で割って入るので、花は笑ってやる。

「あなた頭おかしいの？　営業妨害と名誉毀損で訴えることもできるんだけど」

突然飛び込んできた不穏な言葉に女の涙も止まったようだ。

だからゆっくりとわかりやすいように花は言葉を選んだ。

「裁判所、行く？」


転がるように逃げて帰った大林と近藤を見送って、花は喫茶店の店主に改めて謝罪してひとまず帰ることにした。許してはもらえないだろうが、また後日謝罪に伺うことにする。

「――花さんはお人好しですね」

一緒に帰路についた黒川がそんなことを言いだすので、花は思わず笑ってしまった。

「聞いてなかったんですか。私は毒舌女王ですよ」

「僕としては、傷害で警察を呼んでもよかったんですよ」

警察にも知り合いはいますから、と彼はスーツの懐からスマホを取り出して言う。

「示談交渉をするなら、僕が弁護士を用意しました。——あなたが言ったように、社会的に抹殺することもできますよ」

寒い季節でもないのに、ざわりと冷えた空気が花を包んだ。

見上げれば優しい笑みをたたえたいつもの黒川がいる。

「……どうしてあなたが怒っているんですか？」

微笑んでいても笑わない瞳のまま、黒川はゆっくりと目を閉じた。

もしかして彼のスーツは怒り出したいほど特別高いスーツだったのだろうか。花が責任を持って弁償はするつもりだったが、はたしてこのスーツはクリーニングできるのだろうか。パフェ付きの花がしがみついたスーツの胸元には今もアイスクリームの残滓《ざんし》がある。

花がスーツの胸元を睨んでいると、黒川の苦笑が降ってくる。

「……僕はあなたの役に立ちたいだけです」

仕事着のスーツのまま喫茶店に飛び込んできたその人に、花がそれ以上のことを望むのは強欲な気がした。

「私一人じゃ、文句も言えませんでしたよ」

黒川が来なければ花にできなかったことはたくさんある。

花一人だけでパフェをかぶっていたなら、大林たちは謝りもしないでまんまと逃げてしまっただろうし、花の謝罪すら聞いてもらえなかったかもしれない。花が一方的な悪者にならずに済んだのは、黒川がいたからだ。

「味方になってくれる人がいなくちゃ、毒舌だって役に立たないんです」

そう言って花が隣の黒川を見上げると、彼は顔の下半分を手で覆っていた。

少しだけ見える彼の耳の先は真っ赤だ。

そんな顔をされると花だって赤面ものだ。

今は顔だけパフェを洗い落としたが、ノーメイクな上に肩から下はチョコレートシロップで汚れている。近所にサンダルだけで出てきたような気の抜けた格好の隣にいるのは、胸元を汚したスーツのイケメンである。ちぐはぐにもほどがある。

「な、何で今そんな顔するんですか！」

ほとんど叫ぶように花が言うと「すみません」と黒川は笑う。

ははは、と子供のように声を上げて笑う彼を、花は笑っていいのか怒っていいのかわからなくなってしまった。

「あなたは本当にお人好しですね」

そう言われることに釈然としなくて花が黒川を睨むと、彼は穏やかな微笑みを浮かべた。

「先ほどだって、訴えることも警察に通報することも僕に全部任せてしまうこともできたのに、自分で支払いをして謝罪をして文句も言って。全部一人でやってしまった」

「それは……」

「僕にだってできたことです。……あなたが望まなくてももっと手酷《てひど》い仕返しもできましたよ」

喫茶店を出たときのような表情の読めない笑みを浮かべた黒川が花を覗き込んでくる。

「……僕に、聞きたいことがたくさんあるのではありませんか？」

たしかに花には黒川にたくさんたずねたいことがある。

どうして食堂に来ないのか。おからドーナツはなぜ発売されたのか。

けれど今の黒川にたずねると、花は墓穴を掘ってしまう気がした。

「……こうして顔を見せてくれたからいいんです」

それがすべての答えの気もするのだ。

「また食堂に来てくださいね」

そうやって花が笑ってみせたのに、また黒川は顔の下を手で覆っている。

どうしたのかと花が眉根を寄せると、彼は心底困った様子で微笑んだ。

「……あなたが可愛いので、どうしたらいいのかわからなくなっているだけです」

9

迷惑な痴話喧嘩に巻き込まれたあと、花の周りは少しだけ変わった。

まず挙げたいのは、迷惑をかけてしまった喫茶店と実家の食堂との関係だ。

宮本《みやもと》さんという喫茶店夫妻は今や花の両親と仲がいい。花を心配してわざわざ食堂を訪れてくれた夫妻と両親がすっかり意気投合してしまったのだ。

今となっては花はかやの外で夫婦揃って旅行や食事に忙しい。

花は何度も謝罪して、少しずつ店主夫婦に受け入れられるようになったが、逃げ帰った大林たちは謝罪には一度も訪れていないらしい。

これはどうでもいいことなのだが、ときどき大林が食堂に顔を出す。平日だったり休日だったり、わざわざ食事に来るのだ。一応客なのでそれなりの扱いをしているが、父などは顔を見るたびに塩を撒かんばかりの不機嫌さで彼を睨んでいる。

彼の注文するメニューはまちまちだがとりあえず腹を満たしたいようで、ボリュームのあるカツや天ぷらの定食が多い。

あまり満足に食べていないのか、と思うのはたまに彼の恋人である近藤が目を血走らせて食堂にやってくるからだ。幸い大林が彼女と鉢合わせするという事態には陥っていないのだが、般若もかくやという近藤にサバ味噌定食を出してやるのはそろそろ定番になってきている。

「いらっしゃい」

花が声をかけると黒川は「こんにちは」と返して今日も常連客に交じって席に着いた。

喫茶店に飛び込んできた次の日から彼は食堂へ帰ってきた。

肩を叩かれ常連客たちに喜ばれていたものだ。

「ご注文は？」

「日替わり定食で」

いつものように黒川から注文を受けて、カウンター越しに父に注文を渡すと「おう」とだけ無愛想な返事が返ってくる。別にそれ以上の愛想なんて期待していないから、花は母と共に次の接客に向かう。

今日の日替わりのメインは揚げ出し豆腐だ。

メインが豆腐か、なんてがっかりしてはいけない。

ふわふわに揚げた豆腐にとろとろのあんをかけた神崎食堂の人気メニューだ。

口に含めば甘いあんと生姜が豆腐をくるんで幸せを運んでくる。

鉢いっぱいに盛られた揚げ出し豆腐から漂う優しい香りは、神崎家にとっては愛情の香りだ。あの頑固者の父が母に最初に作った料理だというのだから聞いたときは驚いた。

自慢のメニューではあるが、定年を過ぎたような年齢の常連客が多いからこその日替わりメニューだ。働き盛りの黒川には少し物足りないかもしれない。

そう思って以前黒川にもう一品つけるかたずねたが、「十分ですよ」と断られてしまった。

余計なことをしたかと思った花だったが、黒川は機嫌を損ねることもなく今日も花が運んだ定食を綺麗に食べて箸を置く。

そろそろお会計かと目端をきかせていると「花さん」と珍しく先に名前を呼ばれた。

「お昼の忙しい時間が終わったら、お時間ありますか」

プロポーズ以外のお誘いは、初めてのことだった。

*

午後二時からの昼の休憩に花が黒川と待ち合わせたのはいつもの公園だ。

花は慌てて行ったが、会社で仕事があるはずの黒川はすでに待っていた。

「お待たせしてすみません」

「いいえ、とんでもない。ランチタイムでお疲れなのに来ていただいてありがとうございます」

社長業の方が忙しいだろうに、時間を作ってもらっているのは花の方だ。

そういえば話があると言われただけで内容までは聞いていない。

プロポーズはいつも断っているし、スーツの弁償の話し合いもすでに終わっている。

結局、スーツにアイスクリームの染みを作ってしまった件に関しては弁償をさせてもらえなかったのだ。黒川は物腰が優しいくせに頑固だ。

「座りましょうか」と黒川にベンチまでエスコートされると、彼はいつになく真面目な顔を花に向けた。

「――それで、本題なのですが」

何が出てくるのだろうかと内心ドキドキしている花を横目に黒川は手にしていた鞄《かばん》から簡易包装のかかったドーナツを取り出した。商品名のないそれは試作品か、それに準じる会社の製品だと察することはできたがそれだけだ。

「あの、これは……？」

「食べてみていただけませんか」

準備よく携帯用のウエットティッシュまで差しだされたので、花は食べないわけにはいかなくなった。

黒川がなぜか真剣にこちらを見守る中、花はドーナツを受け取りひと口食べる。

「……これは……」

覚えのある味だった。

チョコレートパフェをかぶって結局捨ててしまったカーディガンを思いだす。

後生大事に守った手紙は花の手帳の奥に仕舞い込んである。

「……よかった」

花の様子を見て取ったのか、黒川がそんなふうに言って微笑んだ。

「あの、これは……」

「はい。豆腐屋さんで僕が作ったおからドーナツを製品化したものです」

――やっぱり。

花はもう驚かなかった。

けれど、花は店頭に並び始めたドーナツを一度も手に取ったことはない。工場で作られたと思《おぼ》しきパッケージは思い出を無機質にラッピングしているようで、少しだけ虚しくなったからだ。

「僕は、花さんに謝らなければいけないと思って、今日これを持ってきました」

ひとつ欠けた六個入りのパッケージを膝に載せて、黒川は自嘲するように息を吐いた。

「実はこのドーナツは、もうサトウ豆腐店では売っていないんです」

そうなのだ。連日売り切れの人気商品だったドーナツは、もうサトウ豆腐店では売っていない。

「レシピを奥さんに引き継いで作っていただく予定だったのですが、奥さんの体調を考えると調理場に長い時間立つというのはやはり過酷なので、ご主人と相談してドーナツのレシピは僕のものとして持ち帰ることになりましたが」

黒川は膝の上のドーナツに視線を落としたまま続ける。

「評判を聞いておからドーナツを食べた部下が商品化したいとすでに提案していたんです。

サトウ豆腐店と同じようなおからから僕のレシピを使って」

「僕のレシピを使うのは構わなかったんです」と黒川は溜息をこぼしてドーナツから顔を上げると遠くを見るように目を細める。

「けれど、当然ですが同じ味にはなりませんでした。プロジェクトのチーム内からは妥協案も出たようですが、同じ味がいいという意見が出されました」

一度動き出したプロジェクトにはすでにお金がかかっている。成功するにせよ失敗するにせよ、立ち消えになるような事態が出てこない限りは会社としては止められない。

「強引な手段を使えば、僕の一存でプロジェクトを止めることもできました——でもできなかった」

このおからドーナツは小さな子供でも安心して食べられると人気商品になりつつある。

「僕はまだまだ弱輩ですが経営者です。会社の利益になることを進めることはあっても止めることはできないと思っています」

当然のことだ。会社に利益が出なければ社員に給料が出ない。

「花さん、僕は……っ」

意を決したようにこちらを振り返った黒川が目を丸くする。

残りのドーナツをぱくぱくと口に入れて、花は「もうひとつください」と手を差し出した。

——会社が何だ、豆腐屋が何だ、利益が何だ。

全部食べてやろうではないか。

「商品化してくれてありがとうございます。これで好きなときにこのドーナツが食べられます」

あの日、試食を勧められたドーナツが毎日のように食べられるのだと思えば、それは素晴らしいことだ。

パッケージされていても、ドーナツはあの日の温かい思い出のまま。

「……僕にもひとつください」

そう言って黒川はパッケージからひとつだけ手にとって、残りを花によこしてくれる。欲張りな子供のようにパッケージを抱えた花を黒川は横目で苦笑する。

「……僕は、商品化されて少し悔しいです」

がむしゃらにドーナツを食べる花の隣で黒川はドーナツを見つめたままだ。

「花さんとの大事な思い出を、他人に食べられているようで」

ドーナツを見つめるまなざしがまるで苦い薬でも飲んでいるようで、花はふと母の言葉を思い出していた。

食堂の看板メニューである揚げ出し豆腐にまつわる思い出を母に聞いたときのことだ。

「うちは食堂なので、父の作った料理には家族の思い出が全部詰まっているんですが」

喧嘩した日に出てきたメンチカツも、花の好物の肉じゃがも全部食堂のメニューにある。

頑固者の父が母にプロポーズしたときにもかたわらにあったという揚げ出し豆腐も。

母の思い出話を聞いたときにたずねたのだ。

そんなに大切なメニューをどうして食堂で出すのかと。

「母が言うには、幸せのおすそわけなんだそうです」

幸せをおすそわけしたメニューは、必ず人に愛される。

人に愛されたメニューは愛情を蓄えてもっと美味しくなる。

夢見がちな母の言うことにはときどきついていけないこともあるのだが、揚げ出し豆腐を食べるたびに美味しいと繰り返す母が幸せに見えるのだから仕方ない。

花の話をじっと聞いていた黒川はやがて手にしたドーナツをひと口食べて、微笑んだ。

「……美味しいですね」

美味しい、美味しいと大勢の人が食べるドーナツにどれほど幸せが詰まっただろうか。

甘いドーナツを食べながら、花は隣を横目で盗み見る。

ドーナツを頬張る上等なスーツを着た社長さん。

優しいけれど冷たくて頑固な社長さん。

――だけど、本当の黒川はどれだろう。

昼飯時のプロポーズはすでに恒例行事になっているが、彼の口から他の告白を聞いたことがない。

けれど、それを確かめる勇気は花にはなかった。

――臆病者。

甘くて美味しいドーナツを、花は自嘲と一緒に食べた。

＊

黒川と話したあと、花は豆腐屋のご主人に教えてもらった。黒川はおからドーナツを作るためにサトウ豆腐店の豆腐のレシピを使ってもいいかと自ら頭を下げに来たらしい。同じおからを作るためだ。

必ず成功させるからと何度も頭を下げられて、頑固者のご主人もうなずいた。

黒川の努力を誰より近くで見ていたのはご主人だ。だから黒川にならと預けることを決めた。

別に有名になりたいわけじゃないとご主人はパッケージに名前を入れることを嫌がったらしいが、ドーナツの包装には黒川コーポレーションの社名と共にひっそりとサトウ豆腐店の屋号が入っている。

商品化されたおからドーナツが、やがてコンビニでも買えるような人気商品になった頃。

花は再就職を決めた。

10

花の再就職先は、派遣会社から紹介された事務だ。

以前の総合職から比べると、企画もプレゼンもしなくていい環境は少しだけ物足りなさも感じたが、決まったことをやって決まった時間に帰ることのできる仕事は、実家の食堂を手伝っている花にとって都合がよかった。

今回の職場の人たちはいい意味で気の抜けた、気楽でいい人たちばかりなので、花の毒舌が火を噴く機会は今のところない。

花の再就職を父母は応援してくれた。

嫁にも行かず、無職で実家に居候しているのはよくないと背中を押してくれたのだ。

食堂を継ぎたいというのは花の夢でしかないし、両親はまだ元気で本当のところ食堂の切り盛りは二人でも十分だ。だから食堂を手伝いながらまた外で働いてみるのもいいだろうと両親は花の再就職を認めてくれたのだ。

しかし、ただひとつだけたずねられた。

じっと花の話を聞いていただけの、無口で頑固な父がぽつりと言った。

「お前はそれでいいのか」

それ、が何で、どれがいいのか。

固有名詞の入らない言葉に花は少しだけ押し黙ってしまった。

会社から逃げるようにして退職したのにまた仕事を始めるのか。

食堂での手伝いだけでは本当に自分にとって不足なのか。

——黒川に何も言わずに就職を決めて本当にいいのか。

父の言葉を自分でも確かめてみて、やはりそれでいいのだと思った花はうなずいた。

花の顔をじっと見ていた父は「お前がそれでいいならいい」とそれだけ言って仕込みに戻っていった。

母も花と父をゆっくりと見比べていたが「変なところでお父さん似ね」と苦笑した。

花はとても恵まれているのだ。

騒がしいが優しい家族がいて、実家があって、食堂があって、こうして新しい仕事も手に入れた。

優しい人たちに囲まれて、命にかかわるような最低なこともなく、悲しいことがあってもきっと誰かが助けてくれると思えるから。

だから花はきっと贅沢《ぜいたく》なのだ。

＊

「……またそのドーナツですか？」

年下の正社員の女の子が花の手元を覗き込んでそんなことを言ってくる。

花は昼休みに自分のデスクで昼食を食べることが多いので、弁当と一緒に取りだされるパッケージを見て彼女は笑ったのだ。

「好きですよね。そのドーナツ」

年上の派遣社員にも物怖じしない彼女が花は嫌いじゃない。

「井川《いがわ》さんもひとつ食べますか？」とパッケージを開けようとするが、彼女は慌てて花を制する。

「いえいえ。いくらおからだからって、食べたら太りますから」

太っているようには見えないのに痩せたいのだという彼女、井川の昼ご飯は手の平に載るほどの弁当箱に入った小さなサラダひとつだ。

「神崎さんは太ってないからそんなこと言うんですよー」

しゃくしゃくと音を立ててレタスを食べる井川を眺めながら、花も食堂の献立から拝借した弁当を開いた。

肉じゃが、漬物、玉子焼き、唐揚げのあんかけに豆ご飯。

デザートは、最近流行りのおからドーナツ。

「あら、高校生男子みたいなお弁当ね」

花の茶色い弁当をずばりとそう指差してきたのは、綺麗なネイルの指の同僚だ。

彼女は花と同じ派遣社員だが、財布だけ持っているところを見ると今日も派遣社員仲間と外でランチらしい。彼女たちはくすくすと笑って昼休みの職場を出ていく。

いつもオシャレな彼女たちはその美貌を買われて接客も申し付けられている。

くるくるとコテの入れられた巻髪たちを見送っていると、井川が「ふぅ」と大げさな溜息をつく。

「神崎さんと同じ派遣なのに、ああしてこれ見よがしにランチ行くんですよっ」

暗に、派遣社員の安い給料のことを指しているのだろうか。微妙に派遣社員に対して失礼な正社員の井川を花は笑う。

「見栄だって必要ですから」

今でこそ実家のおかずを拝借している花だが、以前の職場ではおしゃれなランチに出かけていたものだ。仲間と出かけて情報交換をするためでもあったが、大きな理由は見栄だった。以前の総合職は他人からどう見えているのかも重要で、見た目の評価も仕事に直結していたのだ。

井川は納得のいかないような顔をしていたが、思い直したように「神崎さんは仕事が早くて助かってます」と付け足した。

別に難しい仕事をしているわけではないのだが、花が「ありがとうございます」と返しておくと井川は素直に満足そうな顔をしてサラダに意識を戻してくれた。可愛いものだ。

——あの人はちゃんと食べているだろうか。

おからドーナツの包装を眺めながら、花はいつもとりとめもなく思い出してしまう。

整った顔立ちに食堂に不似合いな上等なスーツをまとった空気を読まないプロポーズ。
昼間の食堂には変わらず通い続けているのだと母や常連から聞かされているが、そうい
えば昼以外の食事はどうしているのだろうか、と再就職してみて初めて思い至ったのだ。
もちろん彼一人の体ではないのだから体調管理はきちんと誰かがやってくれているのだ
ろう。

彼の周りにはたくさん人がいるはずだ。

家族、部下、秘書——もしかしたら恋人も。

挨拶代わりになっていたとはいえ結婚を申し込んでいた花と会えないのだ。花がいなけ
れば彼ならすぐに他の人が見つかる。

食堂に通い続けているのは、うちの食堂の味が気に入ったから。

それでいいのだ。

だから今日も花はパッケージをばりばりと開けて、ドーナツを食べてやる。

甘い思い出だけあれば、それでいいのだから。

*

——今でもよく覚えている。

その頃の花は、最悪だった。

依願退職だったとはいえ、事実上肩叩きで解雇となった花は、実家に帰ってからもくさくさした気持ちを捨て切れずにいた。

仕事もプライベートも充実していたというのになぜ、という悔しい気持ちでいっぱいで、くたびれた実家の食堂を手伝っている自分がとても惨めだった。

もちろん実家の食堂を手伝うことは嫌いではなかった。むしろ食堂を今よりもっとよくしたいとまで考えていて、今までの稼ぎでおしゃれな食堂に大改造するのだと無職になったにしては果てない夢を見ていたほどだ。

だから唐突にやってきた大改造のチャンスに何とか成果を求めたくて、

「メニューを増やしてみたらいいと思うの！」

と女子向けのメニューを増やせばいいと両親に提案したこともある。

おしゃれなカルパッチョ、低カロリーの野菜コロッケ、カッテージチーズのサラダなど、自分がレストランで食べたことのあるメニューを片っ端から提案したが、

「作るのはいいけど、毎日食べたい？」

母の答えに花は言葉に詰まってしまった。カルパッチョも野菜コロッケもサラダも、たまに食べたいメニューであって、毎日食べたいものではない。食堂は客が毎日食事をとる場所だ。美味しいのは当たり前で、華やかさも珍しさもいらない。

——思えば花はひどく傲慢だったのだ。

悔し紛れにすぐに再就職してやると、失職と失恋の痛みも吹き飛ぶほど応募と面接を繰

り返して自分を奮起させていたが、惨敗が続くと次第に心が折れてくる。

どうして、という埒《らち》が明かないイライラが溜まりに溜まった、そんなある日。

昼飯時の食堂で一人の客が声をかけてきたのだ。

「あの」とおそるおそるといった声に見上げると、こんな場末の食堂にいてはいけないような上等なスーツとお顔をお持ちのイケメンさま。こんな人がこんな地味な食堂の娘に何の用かと不思議に思っていると、

「結婚してください」

突然プロポーズされた。

イケメンから放たれた言葉に冗談ではなく、食堂中が一度凍った。

幸いにもその沈黙から一番に抜け出せたのは花の僥倖だったに違いない。

花は改めてそのイケメンの顔をじっと見上げてみる。

整った顔はこれ以上なく不安そうで、しかし真剣な眼差しはふざけているようには見えなかった。

見えなかったが、

「お断りします」

ふざけているとしか思えない言葉に花の怒りは頂点だった。

名前も知らない何も知らない見ず知らずの客の男にふらふらとなびくような女に見られたことに腹が立ったし、そう見えている自分にも腹が立っていた。

けれど異常なほど真面目なその瞳が花をからかっているようにも見えなかったので、罵詈雑言を心のうちに抑え込んでひと言だけ返したのだった。

一方、元凶の男は見る目にも明らかに肩を落としていたが「お会計は」と小さく言った。

そのことに花は幾分か感心した。驚きも怒りもしないでにべもなく答えを返した花に食ってかかるのかと思ったからだ。

でもそれをしない人だとわかって、花は自分でもよくわからないところで安堵していた。

注文票によれば彼が食べたのは日替わり定食だ。日替わりメニューは食堂自慢の揚げ出し豆腐。

「五百八十円です」

レジを打つ花の前で男はスーツの内ポケットを探って、今度はざっと音がしそうなほど青ざめた。花に断られたときよりもひどい顔でスーツのありとあらゆるポケットを探りだす。

スマホ、ハンカチ、何かのメモ一枚、万年筆。ポケットから取り出した物を彼は大慌てでレジスターの隣に並べていくが、一向に財布らしき物は出てきそうになかった。

まるで出来の悪いパントマイムを見ているような心地で彼の慌てぶりを観察していた花だが、ついにその探る手が止まってしまったのを見てとって声をかけた。

「……もしかして、お金をお持ちでないんですか？」

花の言葉に、今度は彼の時間が凍った。

彼は氷から必死に抜けだすように冷や汗をかいて、ぎ、ぎ、ぎとぎこちなく、それでも首を横に振る。自分でも信じがたいことなのだろう。だんだん気の毒になってきた。

どうしたものかと花が心配になっていると、彼はふと自分の内ポケットに何かが入っていることに気が付いた。

震える手で取り出したそれは小さなパスケース。

「あ、ありました……！」

慌てて彼が引き出したのは、真っ黒いカードだ。

使い古したカウンターに置かれたそれは、およそ一般人が目にすることのないカードだった。

「……あの、すみません。ブラックカードはうちでは使えません」

神崎食堂はクレジット払いなどという洒落た支払いができる店ではないのだ。

花の無慈悲な対応に、彼の顔は絶望に染まった。

漆器の如き黒いカードの実物を花が知っていたのは、以前の職場で会食した取引先の会長が持っていたからだ。酒をきこしめした会長が料亭の女将にそっとカードを差し出していたのを覗いたのである。

そんなカードを食堂の日替わり定食の支払いで見せ付けた人は、今度こそ顔面蒼白になった。

冷や汗を垂らさんばかりになった彼はカードの代わりに名刺を花に押しつけて、

「必ず支払いますから！」

絶叫にも似た悲愴な声で言い、食堂を飛び出した。その慌てた様子にさすがの花も面食らって呼び止めることもできず、人質のように渡された名刺を見て不信に眉を寄せた。

その名刺には彼の名前と肩書きが真面目に並んでいる。

名前は黒川。

肩書きは、社長。

食堂の磨りガラス越しに必死の形相で電話をかける男の横顔と名刺を見比べてそんな馬鹿なと花が一笑していると、三十分もしないうちに彼を迎えにきたスーツの男が呆れ顔で現れた。

「お待たせいたしました」

彼の秘書だと名乗ったその男も花に名刺を渡してくれる。名刺にも明確に秘書とある。

「ご迷惑をおかけいたしました」

秘書は慇懃無礼《いんぎんぶれい》に代金以上の金を置こうとするので、花は「お釣りです」と日替わり定食の代金だけを受け取る。だが秘書がもう一度「お納めください」とお金をカウンターに置くのでもう一度花が返すと、秘書はそれ以上粘らず代金だけ支払って帰っていった。

食堂の引き戸がガラガラと閉じられると秘書の呆れ声が聞こえる。

「いったい何をやっているんですか、社長」

——本当に、社長が何をやっているのだろうか。

花はこのとき初めて驚きをもって珍客を見送った。

この日、花は彼を冷たく追い出したというのに、彼は懲りずにまたやってきた。

その後も黒川は毎日のようにやってきて花にプロポーズをしていく。

そんな黒川を見つけると父が卵を持って追い出した。

さすがに黒川本人に投げつけはしなかったが、道路に向かって卵を投げてしまうので、花があとで掃除しなければならなかった。

「二度と来るな！」

それでも黒川はやってくる。

次第に父も卵はもったいないと思い始めたのか、塩を撒くようになった。塩とはいえこれも掃除をしなければならない。

だが黒川は毎日のようにやってきて花にプロポーズをする。

驚くべき忍耐力と精神力だ。

黒川のあまりの粘り強さに父も食材が無駄だと思ったのか、とうとう塩を撒くのもやめてしまった。

それからというもの黒川は堂々と食堂へ通うようになったのだが、当の花は彼が原因でやらなくてもいい掃除をさせられていたこともあって不愉快だった。

最初の頃、花は黒川へ理不尽な妬みを向けていた。社長のくせにこんな食堂へ通うなんて何の厭味かと。再就職がうまくいかないことも、食堂の改革さえできないことも、全部彼がやってきたからじゃないかと思うことさえあった。

しかし黒川がブラックカードを見せたのは最初の日だけで、彼は次第に現金を持つようになった。最初は一万円、次に五千円、と金額は下がり、きちんと財布を持つようになるまで時間はかからなかった。

不思議なことに彼に細かいお釣りを渡すたび、花の醜い心まで細かくなっていくようだった。

ある日、釣銭のいらないぴったり五百八十円の日があった。

思えばその日、それまでの傲慢な花は消えてしまったように思う。

花は、彼に救われたのだ。

黒川にそんな気はなくとも、花は彼のお陰で人の気持ちを思い出した。

それは心が浮き立つほどに軽くて心地よく、そして花を自由にしてくれた。

プロポーズという手段は非常識だったが、黒川は花の世界を確かに変えた。

だから思うのだ。

黒川はそろそろ花から解放されるべきだ、と。

＊

いる。


「社長」

秘書の敷島の呼びかけに顔を上げただけだというのに、彼はひどく嫌そうな顔をした。

「これをいったいどうするおつもりですか」

ばさり、と敷島が社長室のデスクに放り投げるように置いたのは書類の束だ。提携先の派遣会社からのものだろう。そこには一人の登録社員の勤務態度などが事細かに記されている。

玲一は渡された書類に目を走らせた。

「社長」

秘書の敷島のしつこい問いかけに「何ですか」と書類から視線を上げないまま答えると、彼は深い溜息をつく。

「直接会いに行けばいいだけの話ではないですか」

誰に、という主語のない提案に玲一は眉をひそめた。答えたい気分ではなかったからだ。けれど玲一の答えを聞くまで秘書の問いかけは終わらないこともわかっていたので渋々口を開いた。

「秘書がもう一人ほしいと言っていたでしょう」

玲一の答えに敷島も眉をしかめた。

「確かに言いましたが、派遣から雇えと言った覚えも降って湧いたような新人がほしいと言った覚えもありません。新人に仕事を教えるぐらいなら私一人で十分ですからね」

社長業の激務を支える優秀な秘書は鼻を鳴らす。

「私が言いたいのはそこではないとおわかりでしょう」

優秀な秘書が言いたいことを玲一もわかっているつもりだ。

今までのように優しく、紳士的に接していればいい。けれどその結果はどうだろう。連絡も取れず、会うこともできない。どんな時間に食堂へ行っても、彼女は玲一が通う時間にだけ食堂にいない。

いつものように立ち寄った食堂で常連客が何気なく教えてくれたのだ。

——花ちゃん、再就職先決まったんだって。

ひと言も告げず、再就職を決めて連絡手段を断った意味を、玲一が考えないと彼女は思っているのだろうか。

花はもう玲一に会うつもりがないのだろう。

玲一が馬鹿のひとつ覚えのように繰り返したプロポーズの意味を、彼女も考えないはずもない。玲一がいつだって本気だったことは花が一番よくわかっているはずだ。

そして今、花は玲一に対して最大の拒否を突きつけている。

もう関わってくれるなと、花は逃げ出してしまったのだ。

「裏切られたと思っているのなら、それは随分身勝手な話ですよ」

玲一の心を見透かしたように冷たく言って、敷島は社長室を出て行ってしまった。

その背中を見送って、玲一は自嘲する。

花に裏切られたとは思わない。それほど信頼を得ていたとは思えないからだ。

玲一はいつだって花の前では優しく紳士的であろうとしたが、花は玲一の仮面に気付いていたように思う。

力任せに言うことを聞かせるのは簡単だ。だがそれでは花の心は手に入らない。

それなら玲一は手段を変えるだけだ。

彼女をほしいという感情が、子供が駄々をこねておもちゃをほしがるようなものだとわかっている。

それでも止められないところまで来てしまったのだ。

玲一は自嘲と共に口の端を上げて目を細める。

「――さて、どうしようかな」

大事にしたい思いも守りたいという気持ちもどこか歪《いびつ》に書き換えられてしまった。

何を間違ったかは今の玲一にはわからない。

その間違いを当てられるのは、きっと花だけなのだから。

＊

それは、一本の電話から始まった。

いつものように事務仕事を終え、定時で帰ろうとしていた花の携帯に一本の電話が入った。登録している派遣会社からだ。

何かしらのトラブルがあったためだろうと用件を聞き出そうとしたが、「とにかくこちらへ来てもらえませんか」の一点張りで話にならない。

仕方なく花は実家の母に今日は食堂に出られないと連絡してから、派遣会社の呼び出しに応じることにした。

今の会社から派遣会社までは電車を乗り継いでいかなければならない。

面倒事に付き合わされそうだという勘から花は駅ナカにある立ち食いそばをかき込んで向かうことにした。空きっ腹ではどうしても忍耐力が足りなくなるからだ。お腹が空くと早く帰りたくて面倒事を安易に引き受けてしまうことがある。

そういう類の非常に面倒なことが待ち構えているという妙な勘が働いていた。

そしてそれは案の定、当たったのである。

「こちらの会社に移っていただけませんか」

今流行りの足長スーツに身を包んだ若い男性社員が神妙だが、何となく偉そうな面持ちで花の前に書類を差し出してきた。

派遣会社に着いた花は受付からすぐに会議室の一室に通された。プレゼンでもやれそうなほど広くてプロジェクターが奥に見える、広い会議室だ。普通の面談なら幾つも備えてある狭い面談室を使うはずだが、今日に限って派遣会社のビルの上部にある、ちょっと上等な会議室だった。

おしゃれなデザインチェアに座らされたかと思えば、挨拶もそこそこに足長スーツが書類を差し出して妙なことを言いだしたのである。警戒しない方がおかしいだろう。

「あなたにとっても悪い条件ではないはずです」

悪いかどうかは花が決めることなので、とりあえず目の前の書面を読むことにした。

「……転職？」

そこには転職希望と書かれてあった。しかしそんなものを出した覚えがない。

「あの、これはどういう……」

「こちらの会社があなたを引き抜きたいとおっしゃっているんです。業務内容はご覧の通り、秘書となります」

確かに今ご覧になっているが、これはどういう話なのか。

まるで決定事項のように話す足長スーツに花が不信の目を向けると、足長スーツの綺麗に整えた顔が少し曇る。花の反応が鈍いのが気に入らないのだろう。困ったものだ。とんがり頭の紳士靴や香水の匂いまで鬱陶しくなってきた。

だが仕事は目の前の人の格好で決めるわけじゃない、と花は再び書類に目を走らせる。

転職希望、と書かれてあるが書類の内容は業務の説明と給料の内容だ。業務は秘書、給料はなんと今の職場の三倍。秘書技能検定級を持たない場合は資格取得に必要な講座の受講料から受験費用まで会社で負担するとある。

懐疑心いっぱいで最後まで読み進めた花はとりあえず書類をテーブルに置いて足長スーツに返した。

「どういう理由でこの書類が作られたのか、説明していただけませんか」

理由をたずねられると思っていなかったのか、足長スーツは慌てたように返された書類と花を見比べた。

「ですから、今の職場よりも条件が破格で……」

「転職希望を私は出していません」

「これを機に秘書への転向も……」

「考えておりません。元々秘書になる気はなくて検定を受けたこともありませんので」

「こちらの会社ではあなたの能力を高く買っておられるようで……」

「私はそちらの会社で面接を受けたこともありません」

「転職すれば、あなたのスキルアップも見込めますし……」

「今、実家の方で経営を学んでいる途中ですので、ゆくゆくは事務員も辞める予定です」

最近では料理学校に通って一から料理を学ぶのもいいなと思っている。経営学は大学で少しかじったが、もっと専門的な講座でもないかと探している。

立て板に水のように答える花に、とうとう足長スーツは横板に雨垂れのようにしどろもどろとして黙り込んだが、書類を睨みながら彼は呻《うめ》いた。

「……何が気に入らないんですか。あなたが優秀だからとこんな大会社が誘っているんですよ！　黒川コーポレーションが！」

何が気に入らないって、どれも気に入らない。

一番気に入らないのは黒川コーポレーションだ。

どうしてあんな大会社が派遣で秘書なんかほしがるんだ。

宥《なだ》めすかしてもゆるぎもしない花に足長スーツは苦々しく続ける。

「この話を蹴ればあなたの心証が悪くなって、今の仕事も続けられなくなりますよ」

今の会社は悪い会社ではないが、花がそこまで忠義を傾けている仕事でもない。

「事務員を辞める時期が早くなるだけですね」

怒鳴っても宥めても無駄だとやっとわかったのか、足長スーツは花にすがるように言い募る。

「お願いします、助けると思って転職してください！　黒川コーポレーションとの付き合いがなくなると我が社の派遣先の多くがなくなることになるかもしれないんです……！」

泣き落としまで入ってくると香水もとんがり靴も憐れになってきた。

「わかりました」

「じゃあ……！」

「この派遣会社を辞めます」

花の言葉に足長スーツの顔から血の気が失《う》せた。

彼は意外と会社に尽くす真面目な社会人だったようだ。見た目で人を判断してはいけないことを忘れていた。花は心の中で少しだけ謝罪して続ける。

「先方にはすでに辞めた人だと説明してください。退職届は自分で出します。退職理由は一身上の都合としますので、今の会社の方にはそちらからもお詫びを申し上げてください。有給はなしで結構です。仕事の引き継ぎなどもありますので二、三日は時間をください」

よろしくお願いします、と花は挨拶もそこそこに席を立つと、足長スーツの「待ってください！」と引きとめる声を背に会議室を後にした。

足長スーツも非常にテンパっていたが、花も大分テンパっているのだ。

――なぜ、どうして。

疑問符が花の頭の中をぐるぐるとして、普段ならばもっと慎重に駆け引きをするところをこちらに主導権があると見るやほとんど強引に話を断ち切って、意見を押し通してしまった。

立ち食いそばを腹に入れておいてよかった。空腹だったら倒れていたかもしれない。そしてわけのわからない理由で転職していただろう。冗談じゃない。

どうして花の仕事先まで他人の都合で左右されなくてはならないのだ。

そしてこんなふうに他人の人生を左右できそうな人に、一人だけ心当たりがある。

――黒川さん。

花の心に黒川コーポレーションの、あの優しい社長の顔が浮かんだが、それを深い溜息の内に沈めた。

＊

それから花は急ピッチで退職の準備を進めた。

退職届を出し、派遣会社の足長スーツを半ば脅して（会議室での件ですっかり怯えられた）次の派遣社員まで用意し、仕事の引き継ぎを行った。

花の精力的な活動を見ていた上役が正社員にならないかと誘ってくれたが、それは丁重にお断りした。こうなった以上、この会社にはいられない。

「急に辞めちゃうって聞いたから、てっきり結婚するんだと思ってました」

お腹が大きくなる前に、と結婚に憧れている井川が悪びれもせず言うのに花は苦笑する。

「そうだとよかったんですけどね」と花は笑って、実家の都合だと彼女に理由を並べた。

会社への説明もこれで通している。引き抜き云々の話は花と派遣会社（足長スーツくん）の間だけの秘密だ。

自分でも、こうも急に決めてしまうのはどうなのかと思う気持ちもある。

第一、この面倒事に黒川が関わっている確証はないし、本当に秘書として雇いたいという話なのかもしれない。

花の勘違いであるならそれでいいのだ。

思い込みであるのなら、きっとこれは花の岐路だったのだ。

しかし思い込みではなかった場合。それが一番怖い。

どうして今、こんな手段を使うのか。

見知った彼を花は測りかねている。

今までの彼の社長らしいことといえばブラックカードぐらいだった。

こんな手段を使うと考えたくもなかったし、使ってほしくもなかった。

花は、人生でこれ以上なく焦っていたのである。

花は黒川に何も言わずに派遣会社で事務員の仕事を始めた。

何の相談もせず、彼との交流を断ち切ったのだ。

優しいあの人のことだから許してくれるという甘い考えがあった。あったのだが、今の花は罪悪感でいっぱいだ。

花には目標がたくさんあって、その中にプロポーズという形で突然飛び込んできたあの人が本当は怖かった。

どうせ冗談だろう、と片付けてしまいたかった。

逃げる理由がほしかったのだ。

真っ直ぐ過ぎるぐらいの彼の言葉と、それを受け入れ始めている自分から。

*

ようやく仕事の引き継ぎを終えて派遣先から引き上げるその日、送別会をやろうという井川の誘いも断って花は定時より少し遅い時間に会社を出た。送別会をやらない代わりに何人かからお菓子をもらったので荷物が重い。

残業を減らそうと企業努力をする会社なので、定時を過ぎると人の気配はない。けれど今日は照明を少し落とした会社のロビーに人影がある。

巡回中の警備員かと思ったが、それなら懐中電灯ぐらいは持っているはずで、柱の隣に立ったままでいるはずはないだろう。

柱に寄りかかるその人影は近付くほどに長身であることが知れ、会社ではまず見ないラフなジーンズとジャケット姿であることが知れた。

まさか不審者だろうか。

警戒して歩みを緩めた花に相手が気付いたのか、人影がこちらへと大きく足を踏み出した。

簡易照明で長く伸びた花の影を踏むようにして向かってくるその人の顔が見えるに従って、花は完全に足を止めた。

記憶にある整った髪よりも崩した髪型が彼を少し若く見せていた。

熱を帯びた瞳が花を見つめていて、息をするのも苦しくなる。

この人はこんな顔をする人だっただろうか。

「久しぶり」

再会したその人は無機質な光に浮かびあがるようにして佇んでいた。

きっと、花は何か言いかけたのだろう。

唇は頭で考えるより先に開いていたのだから。

けれど花の言葉はどこか彼方へ消えてしまった。

「元気そうでよかった」

花の前に立った黒川は以前のように微笑んでいるだけだというのに、今の彼は何かが違う。

「花さん」

名前を呼ばれただけだというのに、どさり、と送別のお菓子と花の鞄がどこか遠くで落ちていく。

頬に冷たい手を添えられて見上げると、こちらを痛いほど見つめる視線が降ってくる。

――この人は、幻じゃない。

ようやく現実感を得た花が彼を見つめ返すと、問いかけるように彼の目が細められる。

こんな薄闇でも相手の表情がわかるほど近いのだ、と思うと急に身の置き所に迷う。

「あの……」

花が困ったように見上げると黒川も困ったように微笑んだ。

「花さん」

「……はい」

「……花さん」

黒川は以前の優しい顔のまま。けれど花の頬から冷たい手を離そうとはしない。この人は本当に、花の知る黒川なのだろうか。

自分のことで手一杯の花に、黒川はゆったりとこちらに視線を合わせて覗き込む。

「逃げないで」

ゆっくりと花を追いつめるように黒川は花を見つめた。

「花さん」と吐息のような声が言う。

「――どうして僕から逃げたんですか？」

こちらに向ける視線が熱いくせに、彼は身じろぎもしなかった。

本当に、この人はあの優しい黒川なのだろうか。同じ顔をした別人ではないのか。

――しっかりしろ！

なけなしの勇気をかき集められたのは、花のプライドのお陰だろうか。

兎だって狼に追われれば必死で逃げる。そういう本能めいたものだったのかもしれない。

喉はからからに乾いて引きつれそうだったが、花はかすれた声を上げた。

「……どうして」

花は熱に揺れる瞳に問いかける。

「どうして、私を捕まえようとするの」

花を見つめる瞳が見開かれた。

その黒川の手をすり抜けて、花は何も考えずに走り出していた。

誰もいない会社を一人で走る。こんな馬鹿げたことをしているなんて、自分が自分で信じられない。

どうしてここに彼がいるのか。

花が慌てて退職を早めたからか。

派遣会社から情報を引き出したのか。

今日ここに花が確実にいると知って待ち伏せていたのか。

こうやって走って逃げれば彼も追いかけたくなるに決まっているのに、どうして花は逃げているのか。花は彼に追ってきてほしいのか。

逃げたい、逃げたくない。

さっきまで花は肩で風を切って歩いていたはずだ。それがただ彼に見つめられただけでこの体たらくだ。

恥ずかしさと悔しさと、あとは得体の知れないものがない交ぜになって、花はどうしたらいいのかわからない。目には薄い水の膜が張って滲んでいる。溢《こぼ》してしまえば、きっと元には戻らない。

自分が情けなくてどうしようもなかった。自分でできると思っていたものが、全部思い込みだったと思い知らされるようで。

気付けば花はよく音の響くパンプスすら脱ぎ捨てていて、どこをどう走っているのか自分でもわからなくなっていた。

勤めていたとはいえ、その会社を隅から隅まで知っているわけではないのだ。

運動不足の現代人がビルを長く走り回れるはずもなく、花は知らない廊下で座り込んでしまった。

どうしたらいいのかわからなかった。

いつのまにか噴き出していた汗と涙でぐちゃぐちゃになった顔を両手で深く覆う。

中学生じゃあるまいし、いい年した女が会社を逃げ回るなんて何の冗談だろう。

なりふり構わないにもほどがある。

もう来ない、来ないだろうと考えても、心の奥では来てほしいと思っている自分がいて嫌になる。

どうして今、彼は来たのだろう。

花の知っている黒川なら、遠回りでも携帯の番号をたずねるとか呼びだすとかそういう穏やかな方法を取ってくれたはずだった。

派遣会社から手を回すなんて方法は良識のある大人のやることではない。

今だってそうだ。逃げた女の就職先にまで追いかけてくるなんて、子供が駄々をこねているようなものだ。

花たちは大人なのだ。考えることはたくさんある。

自分のこと、会社のこと、家族のこと、将来のこと。

一時の感情だけではどうにもならないことがあると知っているはずだ。

――それでも。

それでも、どうしても抑えきれないことがあるのも知っている。

理由なんてどこかへ消えて、言葉さえも届かないことがある。

そんなときは、花だって考えない。

おいで、とただ言われれば、きっと素直に自分で歩いていけるのに。

顔を手で覆っていた花は音にも気配にも鈍感だった。

――ダン！

音に気が付いたときには大きな影に囲われていた。

「――どうして捕まえようとするか、だって？」

低い、低い声が花を突き刺すようだった。

辛うじて見上げると、座り込んだ花を壁と影が覆っていた。

わずかな光を集めて揺れる瞳がこちらを捉えて離れない。

「花」

強い言葉で縛り上げるように彼は静かに唸《うな》った。

近付いてくる唇があまりにも唐突で、花は思わずそれを手の平で覆っていた。けれど黒川の唇は花の手の平を「花さん」となぞる。

「僕がここへ来た理由が、本当にわかりませんか？」

言い訳も泣き言も通じない黒川に花は息苦しくなって喘ぐことしかできない。

そんな花に彼はなおも言葉を重ねた。

「僕の心は今もひとつだけですよ」

黒川の静かな言葉が毒のように花に広がる。

「花さん」

花は耐え切れなかった。

「……もう怒らないで！」

湧き上がる衝動を抑える力はもうなくて、花は子供のように泣いていた。

しゃくりあげるのをやめられず、わあわあと泣き叫ぶ。

化粧が流れるとかみっともないとか、常識みたいなものも流れ落ちていくようだ。

「……すみません」

泣いた子供には勝てないからか、怒気にも似た気配は次第に失せて、困り果てた顔が花を覗き込んでいた。

黒川だ。花の知っている黒川が花を覗いて困っている。

その様子に花の中で一方的に追い詰められていた怒りが爆発していく。

「いったい何なんですか！　突然会社に来るなんて！　もしかしなくても派遣会社に手を回したのは黒川さんでしょう!?」

「……すみません」

言い訳もなくうなだれる黒川を花はますます怒鳴りつける。

泣きながら怒鳴るという器用なことをしているせいか、うまく言葉が出て来ない。それでも花は叫ぶことをやめなかった。

「私は、あなたが思うほど聞き分けのいい女じゃないの！」

どんなに物わかりのいいことを口にするからといっても、それは全部誰かから借りた言葉ばかりだ。黒川といると嫌というほど実感する。本当の花はまだまだ未熟だ。

「私は……っ」

こんなことを言うつもりじゃない。けれどそれは花の口から滑り出た。

「ドーナツが勝手に販売されたこと、本当は嫌だった……っ」

黒川がおからドーナツを持って現れたあのとき、悔しそうな彼を何とか励ましたいと花は母の話を口にしたのだ。

——本当は悔しかった。

黒川が思い出と一緒に手の届かないところへ行ってしまうようで淋しかった。けれどそれを口にしてしまえば何かが終わってしまう気がして言えなかった。近過ぎず、遠くもない黒川との距離は臆病な花にとって心地いいものだったのだ。

だから花は再就職を決めた。どうせ離れてしまうのなら、花の方から距離をとる方が楽だったのだ。

「花さん」

穏やかな声に顔を上げると、黒川が花の爪先を手に取っていた。

「く、黒川さん……っ」

思わず足を引き戻そうとした花だったが、黒川が捕まえる方が早い。

「忘れ物ですよ」

そう言って黒川が履かせてくれたのは、どこかへ脱ぎ捨ててきたパンプスだった。

「……ごめんなさい」

花の呟きを受け取った黒川は、面白がるように笑った。

「シンデレラの王子様は大変だったでしょうね」

どういうことだろうと花が眉を寄せると、黒川は微笑みながら答えた。

「誰の物かもわからない靴の主を探し回るなんて、僕には真似できません」

確かに、そう考えるとシンデレラは酷い女だ。理由はどうあれ男心を弄んだのだから。

「――僕は、花さんだから探したんですよ」

黒川は静かに言って花を見つめる。

「僕のつまらない世界を変えてくれたあなただから、僕は惹かれずにはいられない」

それは好きだという言葉でも、愛しているという言葉でも足りない。

「一生そばにいてほしいから、結婚してほしいんです」

黒川が花の世界を変えたように花も彼の世界を変えたのなら、それはきっと奇跡のようなことなのだ。

「遠慮しないで食べてくださいね」

「あ、はい……ありがとうございます」

昆布出汁を湛《たた》えるぐらぐら煮えた鍋の中でさいころ型の豆腐がゆらゆらと揺れている。豆腐がふるふると震える様子は優雅だ。

＊

退職したばかりの会社で追いかけっこをした挙句、大泣きをした花がそのまま両親の待つ実家に帰れるはずもなく、今日はやっぱり帰れないと連絡をしたところで黒川が自宅に誘ってくれたのだ。

タクシーに乗れば近いから、と早速タクシーを捕まえて花を連れてきたのは3LDKのマンションだった。オートロックはついているものの大会社の社長が住んでいるにしては特別高級感もない家族向けのマンションだ。

外観は古いが構造は丈夫なのだと社長自ら笑いながら自宅に招いてくれた。

部屋の中は、典型的なあっさりとした独身男性の部屋だった。

小綺麗なリビングにはカウチにテレビ、閉じられたドアの先はきっと書斎か寝室。リビングの本棚に並んでいるのは技術書や小説で、ベージュと黒にまとめられた部屋のインテリアは秘書任せらしい。奥の一室は客間になっていて、たまに知り合いが泊まっていくのだという。

風呂を勧められたがさすがに入るわけにもいかず、お腹が空いたと花が言うと黒川は少し待ってとエプロンを手に取った。

そうして出てきたのが、湯豆腐であった。

手際よくリビングのテーブルに並べられたコンロに土鍋、ポン酢に柚子こしょうまで出てきて何が始まるのかと見ていると、彼が冷蔵庫から取り出したのは昆布入りのピッチャーだ。こうして昆布を切って水につけておけば昆布出汁をいつでも使えるのだという。昆布出汁を鍋に注いで温めたら、仕上げに鰹節をばっさりと乗せる。鰹節を出汁で煮こしたら黄金色の出汁の出来上がりである。出汁を土鍋に注いで、豆腐が揺れるほど火にかけたら湯豆腐だ。

「……美味しい！」

優しい味の出汁に揺られた豆腐は花の空腹をゆっくりと満たしてくれた。

「僕の部屋に来る人は大体お酒を飲んでくるので、僕のレパートリーは二日酔い対策のメニューばかりなんですよ」

お酒と一緒に油ものを食べてきたお腹に優しいメニューばかり作るのは、ほんのり笑う黒川らしい気遣いが見える。

甲斐甲斐しく豆腐までよそってくれるので手伝いをしようとするのだが、彼の方が手早くて花は結局お客さまのまま。

豆腐に続いて、鶏肉、白菜、シメの雑炊まで黒川に世話されると花はお腹いっぱいになっていた。

「ごちそうさまでした」

雑炊用のれんげを置くと「おそまつさまです」と黒川もおたまを置いた。忙しく立ち回っていたのに花よりも彼の方が多く食べたかもしれない。

「――少し、落ち着きましたか」

そう言う黒川が花の目元を見つめた。

泣き疲れてひどい有様だった顔は洗面所を借りて洗い流したが、目元は赤くなったままだ。今は少しは腫れも引いたかもしれないが、むくんだ顔はなかなか戻らないだろう。

「ご迷惑をおかけしました」

ご飯まで作ってもらったのだ。礼を言わねばならない。

花が頭を下げると黒川は苦笑する。

「いえ……僕のせいですから」

それもそうだ。黒川の言葉がすとんと花の中に落ちると、今の今まで考えないようにしていたことが頭にぽんと蘇《よみがえ》る。

――この人にプロポーズされたんだった！

さすがにああまで言われて鈍感にはなれない。

いつもされていたプロポーズは、何と言うか挨拶みたいなものだが、今回はちょっと違う。

あんなにはっきりと言われては無視をするという方が無理な話だ。

満腹だけではない、頭の先からじりじりと焼かれるような熱に花は眩暈《めまい》がした。

どうしよう、どうするの。

こんなに真っ直ぐなプロポーズにどうやって返せばいいのか。

何を言えばいいのかすらわからない花だったが、黒川は静かにこちらを見つめて口を開く。

「……派遣会社からの話は、やはり断ってしまいますか」

そちらの話からだとは思っていなかった花の頭は、仕事の話に少し冷えた。

「派遣会社は明日には辞める予定ですし……」

言いかけて、かねてからの疑問を花は口にする。

「……どうして、私を黒川コーポレーションの秘書に？」

花の疑問に黒川は少しだけ迷うように視線をさまよわせてから、やがて静かに花を見据えた。

「純粋にあなたに向いていると思ったからです。黒川コーポレーションで働かなくても、あなたは一度秘書をやってみるといい」

秘書という職種に興味はなかったが、彼の言葉は興味深い。

自分の可能性のひとつとして考えてみるのもいいのかもしれない。

なるほど、と花が納得していると黒川は困ったように笑う。

「……格好いいことを言ってみましたが、僕があなたにそばにいてほしいんですよ。——あなたは素直で困ります」

花を素直と評するのは、黒川ぐらいだろう。自分のようなひねくれ者を花は見たことがない。

「花さん」と黒川は花を見つめた。

「……花さんが言ったように、僕も怒っていたんです。再就職のことも、一方的に避けられたことも」

「怒らないで」とは花がとっさに言ったことだったが、やはり黒川は怒っていたのだ。

「どんなに迷惑がられても、僕はあなたを探そうと思いました」

テーブルを挟んだ彼が仄暗《ほのぐら》い瞳で花を見つめる。

「あなたを見つけたら、もう絶対に放さないと思って」

でも、と瞳を閉じて彼は笑う。

「花さんに会ったら、そんなことどうでもよくなりました。僕のよくない感情が全部洗い流されてしまって。……僕の負けです」

勝ちや負けのあることではないのだろうが、そう言って笑う黒川に、花もきっと負けたのだろう。

それから色々なことを話した。

美味しいご飯のこと、豆腐のこと、おからドーナツのこと。実は黒川が調理師免許を持っていること。

たくさんのとりとめもないことを話していたら、すっかり遅くなってしまったので花は客間を借りて眠ることになった。

綺麗に整えられたベッドに潜り込むと、布団の奥からお日様の香りがした。

それは黒川に抱えられたときと似て、花をゆっくり眠りの世界へと連れていってくれた。

＊

薄く開けたドアから滑り込むように部屋へ入ると、安らかな寝息が聞こえる。

ベッドの上に近付くと、彼女はすやすやと安心しきって眠っていた。

「……そんなに信頼されると、逆に何もできないな」

吐息を紡ぐ唇は玲一にとって何よりも魅力的だったが、彼女の信頼はそれより何倍も甘美だ。

嫌われたくないと思っていても、彼女との間に流れる時間は柔らかで優しく、そしてまどろみの中のようにたゆたうので、ときどき憎しみでもいいから浴びせるほどこちらに向けてくれないかと思うときがある。

「——花さん」

ベッドサイドに腰をおろして、そっと彼女の額を撫でる。小さな額は滑らかでまるで子供のようだった。

「あなたを捕まえたら、今度こそ逃がさないつもりだったのに」

彼女は玲一の薄暗い部分を綺麗にどこかへやってしまったのだ。

それが清々しくもあり、少しだけ恨めしい。

「おやすみなさい」

今度はその手を放さずに済むように。

11

派遣会社を退職した花は、結局実家の神崎食堂に出戻ることになった。またお願いしますと頭を下げた花を、両親は「しょうがないな」と苦笑して迎え入れてくれた。帰る場所があるというのは本当にありがたいことだ。

そうして再び食堂で注文をとる毎日に戻ったのだが。

「豆腐工場の見学、ですか？」

出張が終わったという黒川がいつもより少し遅めに食堂へ顔を出したかと思うと、昼時間が終わる少しのんびりとしたレジの前で彼はそんな提案をしてきた。

「ええ。懇意にして下さっている工場から誘われていまして、花さんもよろしければ是非」

仕事の一環として行くのだろうか。花は首を傾げながらも子供が遠足を待つような顔の黒川を無視できず、「時間が合えば」と曖昧に答えた。しかし黒川は目に見えて笑顔をいっそう明るくした。

「そうですか！　ではぜひ行きましょう！」

黒川は善は急げと言わんばかりにスマホを取り出して予定を確認し始める。

「よかったなぁ、花ちゃん。初デートだろ」

会計にきた常連客に言われて花は思わず「違います！」と首を横に振る。

「……そうですね。違いますね」

かたわらの黒川は少し肩を落として場所を常連客に譲った。まだ帰ろうとしないところを見ると今この場で約束を取り付けようとしているのだろうか。

苦笑気味の常連客が支払いをして暖簾をくぐると、黒川は花にスマホ片手に詰め寄った。

「僕は今度の日曜日にちょうど時間があくんです。いかがですか」

今度の日曜日、と言われて花も頭の中のカレンダーをめくる。土日の神崎食堂は、基本的には休みではないが休日の昼は比較的ヒマだ。他に予定もなく断る理由も見つからないので花は渋々答えた。

「その日なら空いてます、けど」

「では今度の日曜日に」

「詳しいことはまた連絡します」と黒川はいそいそと予定をスマホに書き込んだ。その様子は花よりも乙女のようだ。

「あ、花さん」

「何でしょう」

黒川が花に声をかけながらスマホを仕舞うので、そろそろ帰るのかと彼を見上げる。

「結婚してください」

この人はどうしてこんなに唐突なのか。花は不信を隠さずに黒川を見るが、彼は平気な顔だ。

「今日のプロポーズをするのを忘れるところでした」

「お断りしますから、お帰りください」

プロポーズを日課にしないでほしい。黒川は「また来ます」と言って足取りも軽く帰っていった。

深く考えもしないで約束してしまったのは軽率だったかもしれない。

＊

問題の日曜日、黒川はいつものように黒塗りの車でやってきた。

運転手付きのこの高級車は社用なのだという。

普段通りのスーツ姿の黒川がドアを開けて花をエスコートしてくれる。凝った革張りの座席に座ると、車は道を滑るように走りだした。

花の隣に座った黒川の長い足が前の座席の下に潜り込まない。この車は広いのだ。

「恥ずかしながら、僕の私用車はバイクだけなので」

豆腐屋に見習いとして通っていたときもバイクで通勤していたらしい。

「僕としてはバイクで行ってもよかったのですが、秘書に怒られました」

今回の見学はプライベートではあるものの視察も兼ねているという。

「僕も、スーツはやめておくべきでしたね」

黒川は花の格好にちらりと視線を送った。今日の花はサマーニットにパンツにスニーカーだ。工場見学ということでスカートは避けた。

「黒川さんはお仕事なんですよね。私はついでに連れていってもらうんですから」

黒川が花を誘ってくれた意図はよくわからないが、普段自分が食べているものの工場見学は末端ながら食に携わる者として興味深い。

「誘ってくださってありがとうございます」

花の微笑みに黒川もつられるように微笑んだが、その笑顔は若干堅い。

「あなたが喜んでくださるなら、何でもかまいません」

黒川はそう苦笑した。


車が向かったのは川と山が見える平野だ。畑の間に住宅が点々と見え、所々に工場もある。

花たちがやってきたのも点在する工場のひとつだった。

まだ真新しい工場はそこそこ大きく、出迎えてくれた工場長がパスワードとセキュリティカードで工場内部に入れてくれる。ゲストの花たちもゲスト用のカードを首からぶら下げなければならない。

まず案内されたのは豆腐の原材料となる大豆の保管庫だ。

現在の日本ですべて国産大豆で原材料を集めるのは難しく、遺伝子組み替えではない大豆を時期ごとに輸入しているという。

「時期によって出来不出来があるので、大豆を変えなければならないんです」

自身も豆腐屋に勤めていた黒川が工場長の隣で花に説明してくれる。

「大体いつも数種類の大豆をブレンドして使っています」

工場長が黒川の言葉を引き継ぎ、どういう大豆を使っているのか事細かく話してくれたが、素人の花には理解の範疇《はんちゅう》を越えている。工場長と黒川は大豆の話でしばらく盛り上がり、次に大豆を浸漬している場所へと移ることとなった。

ここからは防塵《ぼうじん》服が必要だ。花は普段着の上から、黒川はスーツの上着を脱いでシャツの上から着込んで帽子をかぶって作業場へ入る。

浸漬という作業では、大きなタンクに入れられた大豆が水に十五時間以上漬けられる。その時間は季節で異なり、毎日変えているのだという。

そしてグラインダーという機械に浸漬した大豆を入れて磨砕する。

磨砕された大豆は呉と呼ばれ、豆腐になるための最初の形となる。呉を引き水で調節することで豆腐の固さが決まるという。呉は煮釜で煮られ、分離器でおからと豆乳に分けられる。本来なら豆乳に凝固剤を加えて固め、絹ごしや木綿といった豆腐になるのだが、この工場ではここから別の工程になる。

「おからはそのままドーナツに。豆乳は、今は試作段階ですが調整豆乳と無調整豆乳で販売していく予定です」

ここから先は企業秘密になるからと足を止めた工場長の代わりに黒川が秘密の部分を教えてくれる。今は豆乳をおからドーナツの製造にも使っているらしい。

「こんなこと、私に話して大丈夫なんですか」

調整豆乳の試作の話は内部情報にあたるのではないか。ずいぶんと口の軽い黒川に不安を覚えた花がたずねたが、彼は微笑んだままだ。

「花さんになら大丈夫ですよ」

おしゃれと無関係な防塵用の帽子でもよくお似合いの社長がそんなことを口にするので花が睨み返すと、黒川は「実は」と大人しく白状した。

「もう販売予定は出ていますから大丈夫です」

「しっかりした彼女さんですね」

黒川のせいで工場長に笑われた。

「ただの知り合いです。今日は黒川社長のご厚意で連れてきていただきました」

花の言葉に今度は黒川が苦笑した。

工場見学のあと、花はおからドーナツと発売前だという豆乳をどっさり持たされた。

視察も兼ねている黒川は工場長といくらか仕事の確認のやりとりをしていたが、すぐに花と合流してしまう。

「お仕事はいいんですか？」

「今日は半分以上プライベートですよ」

こんな格好ですけれど、と黒川はスーツの襟をつまんで見せる。

「ちょっと休んでいきましょう」

黒川が案内してくれたのは、従業員用の休憩所だった。

外の自動販売機の前にいくつかベンチが並べられただけの休憩所だったが、今は休憩時間ではないらしく誰もいない。

黒川が買ったばかりのペットボトルのお茶を譲ってくれたので、花は代金を押しつける。

「これぐらい、奢らせてください」

少し憮然とする黒川に花は小銭を握らせた。

「お金にはうるさい方なんです」

あきらめてください、と言って花はお茶を開ける。

お茶うけにとおからドーナツを開けてみると、コンビニで買うよりも少し美味しそうなドーナツが顔を出した。

口に入れるとほろほろと溶け、今日は天気もいいから甘さが心地いい。

上機嫌な花の様子に黒川も観念したのか「どうぞ」という花に促されて自分もドーナツに手をつけた。

「そういえば、どうして豆腐を作らないんですか？」

先ほど見学しただけでは、豆腐工場とは名ばかりのドーナツと豆乳工場だ。

「元々は豆腐工場だったものをドーナツと豆乳作り中心に作り替えたんです。最初は別注文の豆腐も作っていたんですが、今ではドーナツ専門です」

黒川は二口、三口でドーナツを口に放り込む。

「これからも豆腐は作らないと思います」

どこか強い意志も混じった黒川は、豆腐を作らないと固く決めているようだった。

「……どうしてか、聞いてもいいですか」

花の質問に黒川は少しだけ息をついて、

「豆腐屋さんにレシピをいただいてから、僕が決めたことです」

豆腐屋のご主人は別に豆腐を作ってもらってもかまわないと言ったという。工場と手作業では同じ豆腐にはならないから、と。

だが黒川は豆腐は作らないと決めた。

「この作り方の豆腐は、サトウ豆腐店の豆腐が一番だと思うからです」

そう言う黒川の顔には強い尊敬と意思が見えて、少し満足そうだった。

まるで黒川にご主人の頑固がうつってしまったようだ。

「──まあ、いいんじゃないですか」

花もドーナツを口に放り込んだ。

「美味しい豆乳楽しみにしてます」

花の言葉に黒川ははにかむように笑った。

黒川は頑固だが、偏屈ではない。彼がたくさん考えて決めたことなら、きっとそれで間違いないのだ。

工場見学のあと、黒川は「夕食でも」と誘ってきたが花は断った。週末の食堂は夜の方が稼ぎ時なのだ。

花のきっぱりとした断りにいつものように肩を落とした黒川だったが、花の望み通り食堂まで送ってくれた。

人気のおからドーナツと新製品の豆乳を持ち帰った花は母に大いに歓迎され、実家に立ち寄った弟妹たちが来襲したこともあって一週間も経たずに工場土産は消費された。

常連客からも「デートはどうだった」とたずねられたが、「デートではありません」と花は繰り返した。

意外と楽しかったのは間違いないが、仕事半分の工場見学はデートとは呼ばない。

＊

工場見学から数日後、黒川は出張に出かけた。

出張先の土産を手にやってきてはまた出張することが続き、食堂に顔を出すのが珍しいほどになった頃。

黒川が上機嫌に食堂へやってきた。

いつもの日替わり定食を食べてレジに花が顔を見せると、黒川は晴れ晴れとした様子で「実は」と挨拶もそこそこに切り出した。

「社長を辞めて、豆腐屋になることにしました」

渡そうとしていたお釣りの四百二十円が音を立てて落ちた。

普段ならすぐに落とした小銭を拾うのに花はすぐには動けなかった。

そんな花に黒川は穏やかに微笑んだままで緊張の欠片もない。それどころか、

「夕方にまた来ます」

黒川はそう言い残して帰ってしまった。

お釣りはレジのカウンターに転がったままだった。

残された花はその昼食時間はほとんど使い物にならなかった。注文は間違える。皿は取り違える。その上落としたお釣りのことをすっかり忘れていて、母に怒られた。

そして宣言通りに夕方に黒川がやってくると、母は花を黒川と一緒に容赦なく店から叩き出した。もちろん昼間花が渡しそびれたお釣りはきちんと渡して。母は抜かりない。

とぼとぼと行くあてもなく二人で歩いていると公園が見え、ようやく花と黒川はベンチに腰を落ち着けた。

どう話していいものか会話に迷って始終無言だった花に比べ、黒川は沈黙すら楽しいのかにこにことしている。

ベンチで夕日を浴びて少しだけ心も落ち着いてくると、花は腹を決めて黒川と向き合った。

「……あの、いったいどういうことなんですか？」

花はよっぽど困った顔をしていたのだろう。

その様子に少し苦笑して黒川は話し出した。

「豆腐屋のご主人から連絡をいただいたんです。奥さんの容体が落ち着いている今のうちに、引退したいと」

退院した奥さんがのんびり店番しているのは知っていたし、最近は息子も手伝いに帰ってきていたが、そういうことなのだろう。

「無理を承知で店をお願いしたいというお話でした。この地域の豆腐屋さんはあのお店だけなので、ビジネスとして請け負ってくれないかということでした」

真面目に勤めてくれた黒川なら豆腐屋を悪いようにはしないだろうと、頑固者でプライドの高いご主人が社長を見込んだのだ。一大決断を託すに値すると黒川は認められたのだろう。

「ですから、僕は社長を辞めて豆腐屋になることにしました」

「ちょっと待った！」

ちょっと待て。

何かが違う。

何でこの人はにこにこと馬鹿みたいに笑っているのか。

ですからってどういうことだ。

花は黒川の胸倉をつかんでがくがくしてやりたい衝動を抑えて努めて静かにたずねた。

「豆腐屋さんは、経営を任せたいとおっしゃったんですよね……？」

「そうですよ。でも僕は経営者ではなく豆腐屋として働きたいので、見習いとして正式に雇っていただきました」

だから何でこの人はそう何でもないような顔をするのだろうか。

この人は大会社の社長さんのはずだろう。しかし花の困惑をよそに黒川はいたって穏やかなままだ。

「社長業の片手間で店舗経営なんてできませんよ。豆腐を作るのは一朝一夕ではできませんし」

そういう話を花はしたいわけじゃない。

「社長ってそんなにあっさり辞められるものなんですか!?」

そう、これだ。

花はこれが言いたい。

しかし当の黒川は意外なことを聞いたように首を傾げた。

「辞められますよ。簡単ではありませんが」

確かに辞められない職業ではないだろうが、実績もある社長の勇退や定年退職でもない辞任など、前例のあることなのか。

「我が社では役員の八割賛成で社長の退任が決まります。八割の退任の賛成と次の社長候補の用意をすれば、晴れて自由の身ですよ」

黒川は何でもないことのように言うが、それが大変なのだ、普通は。

「幸い、僕の叔父が社長をやりたがっていたので僕が推薦して決定させました。ずっとやりたかったのだと手をとって喜んでもらえましたよ」

「……それって前々から社長の椅子を狙っていたとかいうあれじゃ……」

花の呟きを拾って彼はにっこりと微笑む。

「今の役員は祖父に選出された頑固者ばかりなので、叔父はこれから大変だと思いますよ」

虎視《こし》眈々《たんたん》と狙いに狙ってやっとつかんだ椅子なのに、座ってみれば社長という輝かしい役職が名ばかりだと気付くということだろうか。黒川に目をつけられたその叔父とやらはとても気の毒なことだ。

「……社長を辞めるって、冗談じゃないんですね」

花の質問に黒川はあっさりとうなずいた。

「ええ。僕は冗談はあまり得意ではありません」

変わってはいるが真面目なこの人はそうだろう。だが今だけは冗談であってほしかった。

「――花さんは僕が社長のままの方がよかったですか？」

じっと黒川に見つめられて返す言葉に花は困った。

整えられた黒髪、切れ長の目、長身を包むのは上等なスーツと靴。今日のお姿も黒川は立派な社長さまだ。

しかし花は彼の会社の社員ではないし、今日はエイプリルフールでもない。

「……黒川さんがいいなら、それでいいんじゃないですか」

花が黒川の人生を決めるわけじゃない。

よく考えてみれば花がとやかく言う話ではないのだ。

「本当に豆腐を作るのが好きなんですね」

「豆腐作りは本当に楽しいです。この年になって天職を見つけたようですよ」

目をきらきらさせて言う黒川をどうして止められるだろうか。

「豆腐を作って食べてもらいたい人がいるので、美味しい豆腐を作れるようこれからもがんばります」

「がんばってください」

社員でも部下でもない花は美味しい豆腐が食べられれば幸せなのだから。

「そういえば花さん」

水を向けられ改めて花が見返すと、黒川はいたずらを思いついた子供のように口の端を上げた。

「これからは社長ではないので、名前で呼んでください」

「えっと、黒川さん？」

「僕の名字は会社のものなので、豆腐屋になったら母方の姓に戻します。僕は少し複雑な家庭に生まれたもので、これからは名字も変わると思いますので名前でお願いします」

「なまえ……」

何だかハードルの高いことを要求されている気がする。

花の動揺を見透かしてか黒川は言い含めるように続けた。

「玲一、と。ぜひ名前で呼んでくださいね」

花さん、という有無を言わせない声は人を従わせるためにあるようだ。

社長さんは、やはり社長さんということらしい。


それから少し経って、黒川コーポレーションの社長が代わるという報道が流れた。

退任理由は経営方針の転換などともっともらしいことをアナウンサーが並べていたが、事の真相を知っている花としては何となく胡散臭く聞こえた。

業績も悪くない時期の退任は一部の経済紙で少しだけ話題にされたが、数日で記事も消え、人の口にも上らなくなった。

そんな中、黒川はまんまと豆腐屋に転職し、まだ元気なご主人と一緒に毎日豆腐を作ることとなった。

12

「あなたが、神崎花さんですか？」

昼飯時の食堂で、レジの前に立ったのは可愛らしい女性だった。丁寧にセットしたロングの髪はふわりと軽く風に揺れ、白い肌に淡いピンクのルージュをひいた小作りな顔立ちは愛らしい。落ち着いた女性らしい形のスーツは上品で何気なく身につけている靴はピンヒール。手にした鞄もいかにも高そうで全身に値札をつけてみたら凄い値段になりそうだ。しかし昼の忙しいときにわざわざ声をかけてくるところを見ると頭のねじは緩そうだ。

だから花はにっこりと微笑んだ。

「席をお待ちですか？　すぐにご案内しますね」

そう言って彼女の後ろで会計を待っていた常連客を呼び寄せる。

レジを打っている向こうで、「あ、あの何か食べに来たわけでは……」と鈴のような声が聞こえたが、正直言って面倒事のにおいしかしない。

「ごちそうさん」と言って帰る常連客を見送って、おろおろとする女性を花は捕まえる。

「さあどうぞ」

「い、いえ私は客ではないのです。こんな場所で食べたこともないし……」

何となく面倒臭そうな女性だ。

「とりあえず席へどうぞ」

座席がもったいない気もするが、座らせておかないとふらふらとヒールで歩き回られそうで邪魔なのだ。

「注文が決まりましたら言ってください」

そう言って花は女性を放置してホールへと戻った。一人で忙しくしていた母がそろそろ怒り出しそうだったのだ。

嵐のように入れ替わり立ち替わり客と料理が入り乱れる昼食時間は戦場だ。


「ありがとうございましたー」

最後の客を追いだすと、ようやく店は静かになる。

二人ほどが遅い昼食をとる中で、打ちひしがれるようにうなだれた女性がようやく目に入った。まだいたらしい。

「ご注文はお決まりですか？」

花が声をかけると、女性は泣きそうな顔で花を見上げる。

「ひどいです！　どうしてこんなところに座らせておくんですか！」

だったらさっさと帰ればいいだろう、と喉元まで出かかったが花はそれを呑み込んだ。

ちらりと母に目配せすると、母は「いいよ」と言うようにうなずくので花は「失礼します」と女性の向かいの席に腰かける。

「ええと、何かご用ですか？」

花が努めて平常心でたずねると女性は我が意を得たりと背筋を伸ばした。

「玲一さんと別れてください」

花の知る玲一は黒川しかいないが、彼女が言う玲一とは彼のことだろうか。近頃、本当に妙な客が増えた気がする。

「……黒川さんとはお友達ですが、絶縁しろということですか」

花が内心うんざりしながら答えている最中、がらがらと戸が開く音がする。

「絶縁とはどういうことですか、花さん！」

豆腐屋の昼休憩なのだろう。Tシャツにジーパンといったラフな格好がすっかり板についた黒川が血相を変えて飛び込んできた。間の悪い人だ。

「玲一さん！」

黒川の姿に女性は立ち上がる。

「……春日野さん？」

対する黒川は不思議そうに女性を見た。

どうやら、彼女は黒川の知り合いらしい。

いつものように日替わり定食を頼んだ黒川は花と並んで座った。花は仕事中だが隣に座らされたのだ。

向かいに座った女性も黒川と同じ物をと頼んだので、一応彼女も客となった。

「どうしたんですか。春日野さん」

「ウララと呼んでくださって構いませんよ。玲一さん」

黒川の質問を綺麗に無視してウララはおっとりと微笑んだ。うらら、は麗しいという漢字一文字で表すのだそうだ。同じ一文字でも花とは大違いだ。

「……ではウララさん。今日はどうされたんですか」

お仕事でしょう、と質問を変えた黒川にようやくウララはうなずく。

「ええ。でも玲一さんに会うために休んできました」

それは凄い。何の仕事か知らないが、月曜日の今日は忙しくないのだろうか。

花の心配をよそに母が二人分の日替わり定食を運んでくる。

今日の日替わり定食のメインは、鶏団子のあんかけだ。

和風出汁の黄金色のあんには季節の野菜が入る。今日はほうれん草だ。豆腐を混ぜた鶏団子は口に入れるとあんと共にほどけて、肉汁が広がる。

「……まあ、食べられないこともないのですね」

ウララはそう言って鶏団子を上品に口に運ぶ。正直な女性は嫌いではないが、言っていいことと悪いことの区別がつかないのは大人としてはどうだろう。

こんなことが気に障るのは腹が減っているせいだろうか。

「花さんもよければ一緒に昼食をとってください」

花の様子に気付いたらしい黒川がそんなことを言う。最近はこうして黒川と食べることもある。花に昼食を勧める黒川はまだ定食に箸をつけていない。

彼は花を待つつもりらしいので、花は「それじゃあ」と奥から父に賄いのどんぶりをもらった。今日は鶏団子のあんかけどんぶりだ。甘酢仕立てのあんにピーマンやタマネギをたっぷり入れてどんぶりいっぱいに載せてある。

「美味しそうですね」

ようやく箸を手にする黒川があんかけどんぶりを見て羨ましそうに言う。花は「いただきます」と手を合わせながら彼に視線を返す。

「交換しますか？」

「いいんですか！」

「冗談を本気にしないでください」

花は父の賄いを楽しみにしているのだ。肩を落とす黒川を横目に花はどんぶりに箸をつけた。中華風の濃い味付けのあんがご飯に絡んでとても美味しい。

「花さんは意地悪なのですね」

ほうれん草としめじの煮浸しの小鉢を食べていたウララがじっとりと花を睨んだ。

「玲一さんが食べたいとおっしゃっているんだから、交換してさしあげればいいではないですか」

「これは賄いですから」

どこの世界に客の食事と賄いを交換する従業員がいるのだ。

花が断るとウララは小鉢を置いて「では従業員がお客様と一緒に食事するのはいかがなものでしょうか」と言ってくる。黒川が花を座らせたことや賄いのやりとりをまったく見ていなかったのか。

「――ところでウララさんは、どうしてここにいらしたんですか」

会話の流れを無視して黒川が話しかけると、ウララはあっさりと彼の方に興味を向けた。

「玲一さんが、こちらの食堂によく通われていると教えていただいたからです」

少し視線を落として上目遣いに黒川を見ると、ウララは意を決したように口を開いた。

「ご自宅に行ってもいつもいらっしゃらないし、電話にも出ていただけないし、お話しするならここがいいと思ったのです」

ウララの上目遣いは絶妙だったが、黒川の視線はすでに味噌汁に注がれている。また豆腐のことでも考えているのだろう。

「玲一さん！　どうして社長をお辞めになったのですか！」

客はもう黒川たち以外いないとはいえ食堂でする話ではないように思うが、ウララは一生懸命だ。だが黒川の表情は穏やかなままだった。

「豆腐屋になりたいと思ったからです。僕に社長業は向いていませんでしたから」

黒川の答えにウララは白い顔を歪めた。

「そんな……。坂上《さかがみ》のおじさまはやりたい放題です。勝手に企画を立てたり、工場を建てたり」

「社長になったんですから、叔父はやりたいことができるようになって嬉しいんでしょう。経営がまずくなったら他の役員たちが止めますよ」

「そんな無責任なことを……！」

確かに無責任だがそんな話はもっと別の場所でやってもらいたいものだ。

花はどんぶり飯をかき込んで「ごちそうさま」と手を合わせた。早飯は胃に悪いがこちらも忙しいのだ。昼の後片付けが残っている。

「では、ごゆっくりどうぞ」

空のどんぶりを手に席を立とうとすると「待ってください」と二人に呼び止められる。

「花さん、さっき絶縁などという不吉な言葉が聞こえた気がするのですが何の話ですか」

「あなたと玲一さんはどういう関係なのですか。はっきり答えてください！」

二人同時に質問されて花がそれぞれ答えられると思っているならとんだ買いかぶりだ。

「――そろそろ昼時間は終わりなので一度閉店します」

花の営業時間も終了だ。

どんぶりを持ってさっさと逃げることにした。

黒川とウララは定食を食べながら、社長は辞めた辞めるなの応酬を続け、母と父がのんびり賄いを食べる頃にようやく食事を終えた。

「私は諦めません、玲一さん」

ウララの捨て台詞に黒川は「そうですか」と見送る。そしてウララは一度も財布を出さないまま暖簾をはねのけるようにして出ていった。黒川は彼女を呼びとめることなく自分の財布をズボンの尻ポケットから取りだした。結局、ウララの支払いは黒川が持つようだ。二人分の定食の支払いをした黒川は珍しく溜息をつく。

「……ええと、大丈夫ですか？」

少し疲れた様子が気になってたずねた花に、黒川は柔らかく笑う。

「大丈夫ですよ。お騒がせしました」

黒川はこれからまたすぐに仕事だ。花もそれ以上引き止めずに彼を見送る。

――あの人とはどういう関係ですか。

ウララと同じようなことをたずねそうになる気持ちと一緒に、花は昼時間の終わりを告げるべく暖簾を片付けた。

他人に黒川との関係をたずねられても、花にははっきりと言葉を決められないでいる。軽口を言えるほどには気安くなったと思うが、それ以上でもそれ以下でもないからだ。

ウララがやってきてから花は何となく本調子ではないまま夜の営業時間を迎えた。注文を取り違えたりはしなかったが、どこかぼんやりとしたまま閉店時間まで過ごしてしまった。

最後の客を見送って、暖簾を下げようかと外へ出た。

「花さん」

暗がりから声をかけられて誰かと思えば、昼も会った黒川が顔を出した。

「少しだけ、お時間いただけますか」

夕食はもう終わった。あとは片付けをして寝るだけだ。

母に少し出てくると言うと「遅くならないようにね」とにんまり笑って送りだしてくれる。何を想像しているのか、あまり推測したくない。

夜は少し冷えるので黒川はパーカーを着ている。エプロンを外すと少し冷えるかな、と思っていると、花の肩にふわりとパーカーがかけられた。

「夜に連れ出してすみません」

「いいですよ。気を遣ってくれなくて」

花はパーカーを黒川に返そうとするが、やんわり押し戻される。受け取ってくれそうにない。

諦めてパーカーを肩にかけたまま黒川についていくと、彼はぽつりと話し始めた。

「昼間はすみませんでした」

ウララのことか。

「気にしてません」

嘘だ。花は気になって仕事が手につかなかった。

「ウララさんは、僕の父の妹の夫の従姉の娘にあたる人で……まぁ遠縁なんですが」

そこまでいくと遠縁というより他人だろう。だが黒川の家は血縁関係が重要な家系なのかもしれない。花が話の先を促すと黒川は少し口をつぐんで、大きく息を吐いた。そして再び花を見る。

「……彼女は僕の婚約者候補の一人でした」

黒川は苦々しく吐きだすように言うが、花はすんなりとそうだろうなと思った。社長で、そろそろ結婚しろと言われそうな年頃の黒川に婚約者候補の一人や二人いてもおかしくない。

「黒川の本家が決めた婚約者候補は全部で三人いて、ウララさんはその一人でした」

三人とは恐れ入る。目算が外れたことが何となく悔しくて花は「そうなんですか」と簡単に相槌《あいづち》を打った。

そんな花をどう見たのか、黒川は少し目を伏せる。

「……僕が社長を辞めるときに、婚約者候補の話はなくなりました。ウララさんもその話を聞いているはずなんですが……」

彼女は黒川を探して神崎食堂までたどり着いた。それがどういうことなのか、黒川は測りかねているのだろう。

花にしてみれば、これほど単純な答えはないのだが。

「ウララさんには僕から話してみます。これ以上、花さんにご迷惑をかけることはしませんから」

申し訳なさそうな黒川が、花には少しだけもどかしかった。

彼はとても勘の鋭い人だと思うが、ときどきとんでもなく鈍い。

花がウララに黒川を友人だと言ったのはあながち間違いではない。

黒川は豆腐屋の正式な職人見習いになってから花にプロポーズをしていない。

恒例だった食堂のプロポーズはまるで何もなかったことのように消え、いつもそれを眺めていた常連客も何となく言い出せずにいるようだ。まさか花の方からプロポーズが消えた理由をたずねるわけにもいかない。

だから今の花と黒川の関係を言い表すなら、友人が一番近いと思ったのだ。

けれど、友人というには黒川は距離が近い。

パーカーが必要以上に温かかったり、隣の彼が自分のことをどう思っているのかと勘繰ってみたり。黒川は花の心に近付き過ぎる。

「ウララさんがまた食堂に来たら、私が話してみます。黒川さんから何か話したいなら別ですけど」

「それは……」

花の提案に黒川は渋面を作った。どうすれば最善か考えているのだろう。けれど、これはウララの気持ちひとつで決まることなので最善のないことだ。

「……それにしても、花さん」

ウララのことを考えていたはずの黒川が花をじっと見つめてくる。

「いつになったら僕のことを名前で呼んでくれるんですか」

低い声でじっとりと言われ、花は内心ぎくりとする。

「黒川さんでしょう」

「今は黒川ではありません。神村《かみむら》です」

神村は黒川の母方の姓だという。彼は時と場合によって姓が変わるそうなので、商店街で黒川は今は名前で呼ばれている。

「玲一でもれいちゃんでも構いませんので」

れいちゃん、と呼んでいるのは花の母だ。豆腐屋のご主人は玲一と呼び捨てにしている。

「……考えておきます」

「花さんがつけてくれるニックネームなら喜んで呼ばれます」

楽しみにしておきます、と笑顔で圧力をかけてくる黒川は、やはり黒川だった。

*

夜の散歩から数日後、彼女は再び現れた。

「ちょっとよろしいですか、花さん」

今日のウララは昼時間の終わりにやってきたので、花も邪険にせず応対することにした。

黒川にウララと話してみると言ったことも理由のひとつだ。

「こんにちは、ウララさん」

「……ウララさんなんて気安く呼ばないでいただけますか」

心底嫌そうな顔をするので花はつい面白くなってしまった。

「じゃあ、ウララ」

「呼び捨てもやめてください！」

「ではウララさん、今日は何のご用ですか」

「私の話をちゃんと聞いていましたか！」

甲高い声でキーキーと言って、ウララは「もういいです」と溜息をついた。忙しい人だ。

「先日のお話の続きをしに来ました」

「先日？」

「玲一さんと別れてほしいというお話です」

その質問には、黒川は友人だと説明したはずだが、ウララの中ではなかったことになっているらしい。

興味深げに父と母が覗いている気配がするので花はウララの背中を押しやった。

「そのお話は外で」

花に背中を押されて簡単に食堂の外へと追いやられたウララは今日もピンヒールだったが、歩き慣れていないのかふらふらだ。

「なぜここで話してはいけないんですか、何か聞かれてはまずい話でも？」

どうしてとたずねても答えが必ず返ってくるとは限らないものだが、ウララは必ず返ってくると信じているようだ。

花はウララを連れて商店街を歩きだす。

「場所を変えるんです。見せ物になりたいんですか？」

「誰に見られても恥じない生き方をしているので大丈夫です」

「それはご立派ですね」

そんなことを自信満々に言ってみたいものだ。せっかく褒めてあげたのにウララは不満顔になる。

「もしかして私のことを馬鹿にしてます？」

「とんでもない」

素直なことは女性にとっていいことだ。常識や礼儀がなくても可愛ければ何でも許される。それが世の中の法則だ。ウララのような女が得をするようにできている。

「ところで、黒川さんと別れてほしいということでしたが」

「そうよ！　あなたのせいで豆腐屋なんかになったっていうんだから」

ウララのいいところは、自分にとって不愉快な話になっていてもすぐに忘れてしまうところだろう。これほど扱いやすい人もいないだろうに、どうして黒川は彼女を避けるのか。

「黒川さんから、私のせいで豆腐屋になったと言われたんですか？」

「社長よりいい仕事なんて他にないでしょう？　豆腐屋なんて効率の悪そうな仕事、騙されたりしない限りしないと思うわ」

ここは笑うところだろうか。黒川とはひと言も話さずにウララの思い込みだけで結論を出しているようだ。実に女の子らしい。

だとしたら、もう話し合いは無理だろう。女の子に理屈は通じない。

「じゃあ、勝負をしましょうか」

ウララを連れて花が立ち止まったのは、古くて重そうなガラス戸の店だ。重い引き戸を開けると商店街の喧騒はすっかり消えて、店のどこかから時計の音だけが聞こえてくる。ぽつぽつと灯る電灯の明かりを頼りに目を凝らせば、店の中の大きな戸棚から菓子や景品がずらりと勢揃いして迎えてくれる。

「……何ですか。ここは」

「駄菓子屋ですよ。知らないんですか」

不審顔のウララは所狭しと並べられた景品やお菓子をちらちらと見ておそるおそる歩きだす。ふらふらヒールで店の中でつまずかれても迷惑なので、花はさっさと奥に入って声をかけた。

「おばちゃん、きなこ棒ちょうだい」

花の呼びかけに返事をしたのは店の一番奥でのんびりと座っているおばちゃんだ。

「ああ、花ちゃん。いらっしゃい」

駄菓子屋のおばちゃんは商店街の生き字引だ。花だけでなく母のことも子供の頃から知っている。

「きなこ棒ならそこにあるよ。いくつほしいの?」

優しい声で「いくつほしいの」とたずねてくれる駄菓子屋のおばちゃんは変わらない。

「十本ほしいの。ある？」

「まあまあ、花ちゃん。そんなに食べるの？　お腹壊すわよ」

そう言いながらもおばちゃんはきなこ棒のひと箱を出してくれた。

「たぶん十本ぐらい入ってると思うよ」

数えてみて、と言われて箱を受け取ると、おっかなびっくり駄菓子屋を見渡しているウララに花は箱を見せた。

箱を開けると円柱の形をしたきなこ棒が顔を出す。

「幾つあるか数えてみてください」

花の言葉に不思議そうにしながらもウララは数を数える。

「十三あるわ」

「私が数えても十三です。間違いないですね」

花はいくつか並べてある丸椅子を引っ張ってきてきなこ棒の箱を載せ、ウララと自分はそれぞれに椅子を持ってきて、きなこ棒の箱を挟んで向かい合った。

「……これは？」

不審をますます強めるウララが箱を覗いてきなこ棒を睨む。きっと見るのが初めてなのだろう。

「きなこ棒ですよ。駄菓子です」

きなこ棒は、黒糖と水飴ときなこだけで作られた駄菓子だ。口に入れると水飴が溶けだして黒糖の味ときなこをとろりと包み、餅でも飴でもない食感となる。じわりと広がる甘さは柔らかい。

だからどうしたという顔をするウララに花は続けた。

「これは当たり付きなんです。当たり棒は爪楊枝の先が赤く塗られています。当たりはひとつずつ食べてみないとわかりません」

「これで、何をするの？」

ウララの不満顔に花はきなこ棒の箱を向ける。

「ここに十三本あります。さっき見ていたように、私は箱を選んでいません。ここからお互い一本ずつ食べて当たりが出た方が勝ち。切りよく五本勝負といきましょう」

「え」とウララは顔を上げて花を見た。

「きなこ棒で勝負しましょう。恨みっこなしですよ」

花はウララににんまりと笑った。

正直言って、ウララの話は馬鹿馬鹿しいことこの上ないのだ。ウララを選ぶか花を選ぶかなど黒川の心ひとつであって、ウララと花が話し合ってどうにかなるものでもない。黒川に他の恋人ができれば、ウララと花はお払い箱だ。

「じょ、条件を一方的につけないでちょうだい。私が勝ったら金輪際、玲一さんに近付かないと約束して」

花の勢いと駄菓子屋の雰囲気に呑まれていたウララがようやくやる気を見せた。

「では私が勝ったら、ウララさんは黒川さんと私のことは放っておくということでどうでしょう」

「いいわ。私は口を挟まない」

無理矢理口の端を上げているところを見るとまだ状況に頭が追いついていないのだろう。

「ウララさんと私の勝負は今回の一度きり。それでいいですね」

「ええ」

花のことなどおかまいなしにウララはすでにきなこ棒に釘付けだ。だが、ふとウララは顔を上げる。

「待って。全部ハズレだったらどうするの」

そのときは二人とも負けるだけだ。

「全部ハズレのときは、あなたと私、二人とも黒川さんに金輪際近付かない、ということで」

花の言葉にウララは息を呑んだ。そこまで考えていなかったのに、花にあんな条件をつけたのか。まるできなこ棒のように甘い。

「おばちゃん、どっちが勝つか見届けてね」

花が奥に再び呼びかける。

「いいよ。二人ともがんばって」

穏やかな声が勝負開始の合図となった。

まずはウララがきなこ棒を引いた。続いて花が引く。

そして同時に食べてみる。二人ともハズレ。

ウララは悔しそうにもう一本引くので、花もそれに続く。

お互いを見張るようにしながら、きなこ棒を食べてみるが爪楊枝に赤い印は見えない。

「本当に当たりが入っているの？」

きなこ棒を前にウララが唸った。

「当たりがなければ、二人とも金輪際、黒川さんに会わないだけですよ」

次に花が先にきなこ棒を引くと、ウララも負けじと引いた。

大人二人でもぐもぐときなこ棒を挟んで睨み合う構図はとても滑稽だが、幸いなことに他に客はない。商店街の喧噪も遠く、店番のおばちゃんもときどき静かにお茶を飲むだけ。

店のどこかにある鳩時計がちくたくと音を立てる。

それを追いかけるようにして花とウララはきなこ棒を引いた。

互いにあと二本ずつ。

ウララは無口になり、店の中は本当に静かになった。

甘いはずのきなこ棒の味が口の中で鈍く消えていく。

馬鹿げた賭けだが、勝負は勝負だ。これに負ければ、金輪際黒川と関わらないと約束をしたことになる。約束を反故にするのは簡単だが、約束した事実がなくなるわけではない。

四本目もハズレ。あと一本。

「……花さん」

不意にウララが口を開いた。

「どうしてこんな勝負をしようと言いだしたんですか」

ウララからは先ほどまでの騒がしさは失せて、静かな問いかけだけが伝わってくる。

「――勝負でもした方がさっぱりすると思ったからです」

好きか嫌いかの議論に意味はない。人間の心は移り気で、絶対はないのだ。きっとどんな気持ちも時間と一緒に変わっていく。

「私が逃げ回ったり、否定したところでウララさんは納得したりしないでしょう？」

ウララがどんなことを望んでいるのかは知らないが、彼女は口を尖らせた。

「変な人」

「よく言われます」

花がウララを理解できないように、ウララも花を理解できないのだ。

実を言えば、花はきなこ棒を当てたことがない。子供の頃から何度も引いてはいるものの、結局一本も当たったためしがないのだ。友達がみんな当たって一人だけハズレだったこともある。

昔からハズレばかりを引いている。運で未来が決まるわけではない。そう思って努力してきた。けれど、結局は運のいい人悪い人がいて、努力だけで結果は出ない。

——黒川と会えなくなるかもしれない。

そう思うと胸の奥がきしりと歪《ゆが》む。痛くはないが誰にも触れてほしくない部分が崩れるようで、花はどうしようもない不安と焦燥にかられる。

「これで最後ね」

ウララが最後のきなこ棒を引いた。残りものには福があるとは言うけれど、そんなものが本当にあるのだろうか。

花は冷たくなった指先で爪楊枝を引いて、口に入れる。

黒糖ときなこが口の中でふわりと溶けて、消えていく。

子供の頃は少ない小遣いでこれを買うのが楽しみだった。

その頃は早く大人になりたいと思っていたのに、大人になっても別にいいことなんて何もない。

先に食べたウララが爪楊枝を見た。ハズレだ。

次に花が爪楊枝をつまみだす。

「あ」

花の爪楊枝の先には、食紅の赤が塗られていた。

「おめでとう、花ちゃん」

もう一本どうぞ、とおばちゃんがきなこ棒を差しだしてくれる。

どちらも小細工なしにきなこ棒を食べたからか、ウララはインチキだとも無効だとも言わずに思い切り顔をしかめて黙り込んだ。

「私の勝ちのようですね」

花が意地悪く言ってやると、ウララはようやく顔を真っ赤にして丸椅子を立った。

「あ、五十円ですよ」

「え？」

ウララがいらいらと花を見返すが、花は手を差しだした。

「きなこ棒は一本十円なので、一人五十円です」

黒川はウララが食べた日替わり定食を奢ってやっていたが、花に奢ってやる義理はない。

「あなたが勝負を言い出したんじゃない！」

「勝負に乗って食べたんですから、自分で食べた分ぐらいは払いましょうよ。大人なんでしょう？」

ウララはこれ以上ないほど顔を歪めたものの、ようやく財布を出すと五十円玉を丸椅子に放り投げて帰っていった。

大人としての自覚はあったらしい。

「花ちゃん、その爪楊枝持って帰る？」

おばちゃんに言われて花は先の赤い爪楊枝を握りしめたままだったことに気付く。花なりに緊張していたらしい。

「持って帰ってもいい？」

花は戦利品を手にようやく頬を緩めて笑った。

＊

この午後の決闘は駄菓子屋のおばちゃん以外知るはずもないことだったが、翌日に黒川がやってきた。

「れいちゃんが来たわよー」

まるで小学生の友達でも呼ぶように母が食堂のホールから花を呼ぶ。夜の営業時間に向けて両親が先に食べる夕食を用意していたところだったが、花は台所から渋々顔を出す。

そこにいるのは小学生でも何でもない。いい年をした大の男だ。

「じゃあ、れいちゃん。花は夜までには帰してね」

「わかりました。お預かりします」

和やかに母と黒川のあいだでやり取りされて、花は黒川に公園まで連れ出されてしまった。ベンチに座った途端に、黒川は切りだした。

「昨日の話を聞きました。訴えられたりしたらどうするつもりなんですか！」

きなこ棒で訴えられてはいい笑い者だ。

「ウララさんに聞いたんですか？」

まさかとは思うが、あのプライドの高いウララが喋ったのだろうか。花の疑心に黒川は

「いいえ」と首を横に振る。

「豆腐屋の常連さんから聞いたんです」

商店街の噂は本当に光の早さで伝わるようだ。

「でも、何の勝負をしたんですか？」

勝負の内容までは伝わっていないようだが、黒川は花が喋るまで公園のベンチを離れそうにない。花はきなこ棒の決闘のことを大人しく話すことにした。

「私が負ければ、黒川さんと金輪際会わないという約束でした」

「そんなことをきなこ棒で勝負しないでください」

黒川は渋面で花を睨む。

「僕のことを当たりくじで決められてはたまりません」

それはそうだろう。花は「すみません」と謝っておく。

「それで、どちらが勝ったんですか？」

この馬鹿馬鹿しい勝負は、ウララが納得しなければ成立しない。だが、花は当たりくじを手に入れた。

「秘密です」

黒川が言うように、彼の預かり知らない勝負のことだ。花が黒川をどうするかも花の気持ち次第。

黒川の不思議そうな顔を花は思い切り笑ってやった。

13

「私、諦めませんから！」

早朝から豆腐屋で働いて帰宅した玲一を待ちかまえていたのは、先日乱入してきたウララだった。

彼女は夜だというのに疲れも見せないで、玲一の自宅のあるマンション前で叫んだのである。他に人通りがないのが幸いか。

「ええと、ウララさん。もう夜なので声を抑えて……」

ウララは玲一の気遣いをよそに話を続けた。

「玲一さんがどうして社長をお辞めになったのか、今でも納得いきません」

ウララの言葉に玲一は少し目を伏せる。玲一が社長を辞めると宣言した当初は、そういった声も多かったからだ。嫌われていないとは思っていたが、その声の大きさに少し戸惑ったものだ。

「私が玲一さんに初めて会った日のこと、覚えていますか？」

それはよく憶えている。ウララが玲一に一方的に話して終わった懇親会だ。

「あのときの優しくて紳士的な玲一さんが、やっぱり本当の玲一さんだと思うんです」

ウララはきらきらとした目で玲一を見つめる。

「玲一さんは豆腐屋なんてやるような人ではないと思いますし、あの人は意地悪なので好きじゃありません」

あの人、というのは花のことだろう。

ウララはまた花に会いに行ったのだ。玲一が眉根を寄せていることに気付かないのか、ウララはぎゅっと両手で握りこぶしを作った。

「あの人との条件に、私が玲一さんに近付かないことはなかったので、これからも堂々と玲一さんに振り向いてもらえるようがんばっていきます！」

正直言って玲一には何のことを話されているのか理解はできないが、推測ならできる。花との勝負のことだろう。花を問いただしてきたばかりだ。結局花は勝負の行方を話してくれはしなかったのだがウララの話から統合すると、きっと花が勝ったのだ。

どうやら花は勝利条件にウララが玲一に近付かない、という項目をわざと入れなかったらしい。

「見ててくださいね、玲一さん！」

元気よく帰っていくウララの後ろ姿を見送って、玲一は深く溜息をついた。そして着古したパーカーからスマホを取り出して、電話をかける。

数コールで相手は出た。玲一は挨拶もなく告げる。

「夕飯を食べませんか」

それから二時間後、玲一の家にやってきたのは、

「──もうあなたの部下ではないのですが」

社長時代の秘書である敷島だ。今日も一分の隙もないスーツ姿でじろりと玲一を睨んだ。

「まあまあ。夕飯食べてないんですよね」

どうぞ、と家へ招くと敷島は渋々家へ上がる。

そしてすでに食卓に勢ぞろいした料理を見て声を上げた。

「また豆腐料理をバカみたいに作ったんですか！」

食卓はまさに豆腐の饗宴《きょうえん》だ。湯豆腐、冷や奴、豆腐チャンプルー、豆腐しんじょう、豆腐ステーキ、豆腐田楽。ご飯が白いことが恨めしくなるほど白い食卓だ。

「今日のデザートは豆腐プリンですから」

「……本当にいい加減にしてくださいよ」

敷島は苛立ちを隠そうともせず、こめかみを指でぐりぐりとやる。だが文句を言いながらもダイニングテーブルの席についた。

「豆腐屋になってから栄養が偏って変人にますます磨きがかかったんじゃないですか」

「……相変わらずひどい言われようですね」

玲一も席につくと敷島はさっさと箸を取って「いただきます」と手を合わせた。相変わらず口は悪いが礼儀は忘れない男だ。ここで「めしあがれ」などと言えば「これから口に入る食事に感謝しているのです」と悪態が返ってくる。

「それで、何か嫌なことでも?」

敷島は豆腐に箸をつけながらたずねてくる。

秘書だった男は玲一の行動を今でもよく覚えているようだ。

「春日野ウララが来ました」

玲一の脈絡もない答えに敷島は「ああ」とうなずいた。

「人の話を百分の一も聞かない春日野のご令嬢ですか。それはお疲れ様です」

ひどい言われようだがその通りなので玲一はフォローができなかった。

「引っ越ししようかな……」

「そういえば、ウララさまが一番苦手でしたね」

敷島の指摘は的確だ。

玲一は三人いた婚約者候補の中で、ウララがもっとも苦手だった。毎年、年に一度だけ婚約者候補と順番に話をする懇親会をもうけられるのだが、彼女との会話がもっとも苦痛だったのだ。

何せ、ウララは人の話をまるで聞かない。自分の話したいことだけをひたすら話す。

素直な性格なので玲一が話を補正してやれば脱線することはないが、ウララが会話を楽しむだけで玲一には何の得にもならない。

彼女の実家の春日野家は投資や株で成功した金持ちの名家で、ウララはその中で甘やかされて育った。そのためか何でも自分が一番でなければ納得いかない性格だ。

甘やかされた記憶のない玲一にとって、ウララは理解できない存在なのだ。

「あなたの得手不得手はどうでもいいですが、嫌なことがあるたびに人を呼びつけて食事を振る舞う癖はどうにかならないんですか」

敷島はそう言って冷や奴を箸で割る。

「まあ、そう言わず」

玲一がなだめると敷島はそれを無視して生姜と冷や奴を口に入れた。

ストレスが溜まると食事を作るようになったのは、母の影響だ。

嫌なことがあると母が褒《ほ》めてくれた料理をテーブルいっぱいに作るのだ。それを誰彼かまわず食べさせてストレス発散させてきたのである。黒川の家へ引き取られてからもその癖が抜けないので、社長時代は主に敷島がその犠牲になっていた。

「あなたのせいで週六でジム通いですよ」

太った様子もないのに敷島はふてくされて豆腐ステーキを食べる。

「カロリーは考えてあります」

「ラーメンを毎週、寸胴鍋で出されたときは会社を辞めようかと思いましたよ」

敷島のひと睨みに玲一は笑顔を返した。確かあのラーメンはスープを鶏ガラから作った力作だった。

「太りはしなかったじゃないですか」

「私が太らないよう努力した成果です。いくら食べても太らないあなたと同じにしないでくださいい」

指摘されて初めてそういえば、と玲一は自分を振り返る。考えてみれば人より食べても太ったことがない。

「その悪癖を直さないと、意中の方に嫌われますよ」

敷島の苦言に玲一はざっと顔を青くした。大学いもを一緒に食べたとき、確か花は体重を気にしていた。

「栄養士の資格はどう取るんでしたっけ？」

「馬鹿も休み休みにしないと、本当に馬鹿になりますよ」

敷島は相変わらず冷たい言葉を並べながら豆腐料理を完食し、デザートの豆腐プリンまで平らげて帰っていった。

彼は毒舌だが、こうやって玲一の愚痴に付き合ってくれる数少ない友人の一人だ。おそらく友人だと誰かに紹介すれば冷酷に「違います」と拒否されるだろうが。

「栄養か……」

後片付けをしながら玲一は考え込む。

豆腐屋見習いとなってからは食にまつわるあらゆるものに興味を持つようになった。黒川コーポレーションの前身は乾物屋ということもあって傘下には食品加工関連会社が多いが、玲一が携わっていたのは投資や商談といった経営だ。

豆腐を作る現場に立って初めて販売や加工、原材料や料理のことを考えるようになった。

食材は世界中に数多《あまた》あるが、豆腐は奥が深い。

豆腐作りは職人技で、豆腐料理は深遠だ。敷島に作って出した料理などほんの一部に過ぎない。

＊

玲一の人生は花と豆腐によって変わってしまったといっていい。

だから花からこんな相談を受けるのは、少し運命的だと思ってしまった。

「豆腐を使った一品を考えてみないかって言われたんです」

ひとつだった定食の小鉢をふたつに分け、そのひとつを豆腐料理にするという。

「いつもは父が考えて作って、母が食べてメニューに入れるかどうか決めるんですけど」

花の母である芳子の舌は確かなようで、芳子が大丈夫だと言えば、そのメニューは大丈夫なのだそうだ。

「最近、料理の勉強を始めたのを知られちゃったらしくて、母が作ってみろって」

近頃の花は、玲一に相談もしてくれるようになった。

出会った頃から考えると格段の進歩だ。

今日もこうして昼の休憩時間にわざわざ豆腐屋にやってきて、玲一と公園のベンチで彼女の好きな大学いもを食べている。

「豆腐の一品料理ですか……。色々ありますけど、難しいですね」

玲一の答えに、花も「そうなんです」と溜息混じりにうなずいた。

豆腐はどんな味にも染まりやすくてどんな料理にも合う。どんなものでも柔らかく包み込んでくれる、包容力のある食材といえるだろうか。その反面、いざ豆腐料理といわれるとその多様さに目を回してしまうのだ。

「色々案を出してみたんですけど、全部ダメでした」

花は指折り数えてメニューを挙げる。豆腐チャンプルー、豆腐すき焼き、豆腐ステーキ、豆腐サラダ、白和え、豆腐ハンバーグ。

「白和えは小鉢によさそうですが」

「白和えは昔から作ってるって一刀両断でした」

確かに定番の小鉢料理だろう。

「ハンバーグもチャンプルーもメイン料理みたいだし、サラダはメインの付け合わせに使うから小鉢にしないんだそうです。考えてみれば、うちの小鉢でサラダはないんですよね」

花は肩を竦めて唸った。

「ホールで本格的に働くまで、うちの食堂の料理ってなんて普通なんだろうって思ってたんですけど、お客さんが毎日同じものを食べていくって凄いことなんですよね」

毎日食べれば普通は客が飽きるものだ。毎日のように食べてもまた同じものが食べたくなる料理は滅多にない。

「ご主人の腕がいいからでしょう」

神崎食堂の料理は奇をてらわない。特別な高級食材を使わない普通の料理は、基本に忠実に丁寧に作られていて、出汁にまで細やかな心配りが見られる。料理に対する姿勢は高級料亭のそれだ。

「父が言うには、家庭料理を目指しているそうです」

丁寧に出汁をとる、面取りする、あくをとる、そういった手順をきちんと踏む。

「それってお母さんが家族に作る料理と一緒なんだそうです。誰でもお母さんの味が一番って言うでしょう？　父はその一番の味が作りたいんだそうです」

それはとても高い理想だ。

食べる人が培ってきた味覚の一番になろうというのだ。こだわりも強いはずだ。

「ですがどうして今、豆腐の小鉢を？」

神崎食堂の定食はご飯に味噌汁、香の物、主菜に小鉢がつく。これ以上ないほどバランスよく食事がとれるメニューのはずだ。

「豆腐屋さんに持ちかけられたそうですよ」

花がちらりと玲一を横目で見る。

「最近入った見習いが、熱心に練習を繰り返すからどうしても豆腐が多く作られちゃうそうで」

身に覚えのありすぎる指摘に玲一はあさっての方向に視線をやる。当の玲一も相当数の豆腐を毎日持ち帰っているが、それでも間に合わないのだろう。

「味は大丈夫だけど形を崩すんですって？」

箱出しのタイミングのせいか、よく型崩れを起こすのだ。豆腐屋の主人は失敗には怒るが、玲一に練習をやめろとは言わない。

「料理には使えるからって安く仕入れることにしたそうですから、見習いさんの自己負担も少しは軽くなると思いますよ」

柔らかに笑う花を見られるなら、玲一の失敗も捨てたものではない。

たとえ毎日叱られっぱなしでも。


「玲一！　ばたばたするな！　ほこりが立つ！」

「遅いぞ、玲一！　湯が沸いちまう！」

「玲一！　でかい図体でぼーっと立つな、邪魔だ！」

豆腐屋の主人である重蔵は容赦ない。

玲一は怒鳴られながら作業場を行ったり来たりしては、重蔵の様子を観察する。

豆腐作りは職人の勘に頼るところが大きい。大豆の選別、浸漬時間、呉の濃度、すべて重蔵の勘が是非を決める。記録はつけられているものの、重蔵のノートを見せてもらっても一貫性はあまり見られない。

だから職人は毎日のように大豆に触れて豆の声を聞くようにして豆腐を作る。

午前三時から釜に火を入れ、午前六時には最初の客がやってくる。得意先が豆腐を引き取りにやってくるのだ。以前は納品も重蔵がやっていたが、今は奥さんの栄のこともあって配達は止めている。それでも得意先はサトウ豆腐店をずっと贔屓《ひいき》にしているという。

「美味しくて、料理を邪魔しないからねぇ」

と話してくれたのは、朝から豆腐を引き取りに来た料理人だ。夫婦で作る豆腐との付き合いは長く、もう二十年近くになるそうだ。

厚揚げや油揚げができ上がる午前七時に本格的な開店となる。

朝から客はのんびりとやってくる。木綿豆腐だけを必ず買う人、厚揚げを買う人、木綿と絹ごしを交互に買う人。買い方一つでも人それぞれだ。中にはおからドーナツの噂を聞きつけてくる人もいるが、並べてあるのはコンビニと同じパッケージで少しがっかりして帰っていく。

玲一は少し気まずく見送るのだが、重蔵は平気な顔で玲一の背中を叩く。

「お客さんにそんな顔すんな」

そうやって玲一は「はい」と背筋を伸ばす。

玲一が改めて見習いにしてくれと頼み込んだとき、重蔵だけが味方だった。

息子の賢蔵は反対したし、栄も息子の意見に肩を持つ形で困惑を隠さず反対に回った。けれど、重蔵だけが「こいつは見込みがある」と推してくれ、玲一が何度も頼み込むうちに賢蔵も栄も折れたのだ。

最初のうちは賢蔵や栄とは気まずくなったが、重蔵について黙々と豆腐を作る玲一を次第に認め始めてくれたようだ。

「厚揚げを揚げるのはまだまだだねぇ」

栄は時折、わざわざフライヤーの前に立って玲一に教えてくれる。

「会計なら俺がやるよ」

賢蔵もようやく玲一に口をきいてくれるようになって、豆腐を使った商品について話したりもする。

思えば玲一が神崎食堂に出入りできるようになったのも、重蔵のお陰だった。卵を投げつけられていた玲一に声をかけてきたのだ。

——毎日飽きねぇな。でも根性あるよ。

そう重蔵が声をかけてくれたお陰で、他の常連客とも話すようになったのだ。

玲一が立ち止まりそうなときはいつも重蔵が玲一の背中をばん、と一度叩く。

いいときも悪いときも、重蔵の節くれだった手で背中を押されて背筋を伸ばすのだ。


午後のまどろみが薄れて夕方の喧噪が近くなった頃、花が困り果てた顔で豆腐屋に顔を出した。

「レシピ、ねぇ」

豆腐のことは豆腐屋に聞けということか、考えあぐねてやってきたらしい。例の新しい小鉢のことだ。

「豆腐をさいの目に切って、ゴマであえてゴマ和えとかどうでしょう」

「いっそのこと黒蜜をかけてみるとか」

玲一も花と一緒に案を出してみるが、どれもパッとしない。

「そんなもん、冷や奴でいいじゃねぇか」

小鉢なんだろ、と重蔵は言い切った。

「それはそうなんですけど……」

冷や奴だけでは芸がないということか。花はうーんと唸る。

「じゃあ、肉味噌はどうだ。うちで食べてるよ。赤味噌にミンチ混ぜてな。うちじゃあ、季節で薬味を入れるんだ」

「薬味？」

豆腐屋の主人の提案に花は目を輝かせた。

「冬は柚子、春はかぼす、みょうがに実山椒、甘夏も意外とうまかったな。唐辛子なんかも入れたことあるぞ」

「それ！　作ってみてもいいですか！」

花が嬉しそうにするので「いいよ」と重蔵はうなずく。

「帰って大将に教えてやんな」

重蔵の後押しで花は木綿を二丁買って帰っていった。

彼女を見送ったあと、重蔵は肩を竦めて玲一に問いかける。

「うまくいくと思うか？」

「え、うまくいきそうだから提案したのでは……」

「素人料理が物珍しいのは最初だけだ」

商売人は辛辣だ。

＊

それからしばらくして、神崎食堂の定食のメニューが少し変わった。小鉢がふたつに分かれたのだ。ひとつはいつものように食堂自慢の季節の小鉢、もうひとつには冷や奴。小鉢に合わせて小さく切られた豆腐には肉味噌が載っている。

今回の肉味噌には鰹節が入っている。このまま味噌汁になりそうだ。

肝心の評判は、と昼の営業を終えた花を、肉まんを餌に玲一は捕まえた。

「何もありません」

昼下がりの公園で、玲一が買ってきた肉まんを食べながら花はうなだれた。

「美味しいも不味いも、何も言われないんです」

両親に対して行った肉味噌のプレゼンも「いいんじゃないの」の母の芳子のひと言で簡単に決まったらしい。他の凝った料理では考えられない簡潔さだったという。

しかしいざ定食の小鉢として出してみても、客からの反応は皆無。

「本当はどうなんですか、豆腐の小鉢は美味しいですか？　黒川さん！」

花は玲一に詰め寄った。確かに玲一は日替わり定食の常連だ。だが、

「美味しいですよ。……たぶん」

豆腐という性質のせいか、肉味噌が載せられているからといって、特別な感想を抱けるわけではない。

「……何か、もっと何かないのかしら……。社長さんの舌も唸らせるような、何か……」

相当煮詰まっているようだ。花がどこか別の世界に行ってしまわないよう、玲一は「花さん」と声をかける。

「評価を急がなくていいんじゃないですか？　毎日食べるものですし」

玲一の言葉に、花はようやく息をつく。

「……そうですね。もう少し様子を見ます。父もやめるとは言わないし」

納得はしていないのか花は不満顔で肉まんを食べる。そして肉まんを食べ終わると、自分のポケットから缶を取り出した。手の平に乗るほどの平たい缶には、紺スーツにカラフルなネクタイをつけたVゾーンがプリントされている。

花は「黒川さん」と呼びかけると玲一の手に缶を載せた。

「メニューを考えてくださったお礼です」

「いや、でも肉味噌は僕が考えたわけでは……」

「ご主人にはもう渡しましたから」

そう言われて複雑な気分で玲一は缶を受け取って、開けてみる。丸い缶に凪いだ地平線のように収まっていたのは、

「……ハンドクリーム、ですか？」

「そうです。豆腐屋さんはずっと水仕事でしょう？　使えばちょっとは違うかと思って」

花が玲一の手を見る。社長時代からは想像もできないほど荒れた手だ。

「無香料無添加だし、よければ使ってみてください」

ふわりと微笑む花に触れてみたくなったが、玲一は受け取った缶のふたを撫でた。

「――僕を甘やかすと、あとで大変ですよ」

玲一は甘やかされた記憶がないから加減がわからないのだ。甘えを覚えたら、きっと大変なことになる。

「わがままは聞きませんよ」

弟妹のあしらいに長《た》けた長女らしく花は笑った。

――花に言えない言葉がある。

言いたくてたまらなくて口走っていたことが嘘のように、それは玲一の中で降り積もる。

だから豆腐を作ろうと思うのだ。言葉と豆腐をちゃんと形にできるように。

＊

母のひと声で定食の小鉢がふたつになった。

ひとつは従来の父こだわりの小鉢。もうひとつは豆腐屋のご主人からアイデアをもらった冷や奴。冷や奴のこだわりは肉味噌だ。近頃では一品料理の冷や奴にも肉味噌を載せて、と頼む人が少しだけ増えた。

少しだけ。

冷や奴にわざわざ感想を言う人は豆腐が美味しいと言うし、それ以外の人は感想すら持たない。

黒川は評価を急がなくていいと言ったが、提案した花は気が気ではない。いや、実際に作るのは父であって花ではないし、これでいいと言ったのは母であって花ではない。それでも気になる。

そんなある日、昼時間の終わり頃に老夫婦がやってきた。

「席はあるかね」

渋い色の着流しに羽織を着こなした恰幅《かっぷく》のいい老紳士は花にたずねた。その隣の痩身の老婦人は上品な着物姿だが、不機嫌そうにハンカチを口元に当てている。昼も終わりで客はほとんどおらず、どの席でも座り放題だったが、花は「こちらへどうぞ」と老夫婦を案内した。食堂では真ん中のテーブルだ。ここが一番空気がこもらず騒がしくない。

「ご注文がお決まりになりましたらお呼びください」とメニューを渡すが、老夫婦は開こうともしなかった。

「お勧めはあるかね」

再び老紳士にたずねられて花は今日のメニューを思いだす。

「豆腐がお嫌いでなければ、日替わり定食はいかがでしょう」

今日はこの食堂自慢の揚げ出し豆腐だ。

「じゃあ、それをふたつ頼む」

内容も聞かずに注文されてしまった。

どうかな、と思いながらも父に注文を渡すと空いているからそれほど待たずに日替わり定食ができ上がる。

それを花が老夫婦のテーブルに並べると、老婦人の顔はますます曇った。

「――揚げ出し豆腐に豆腐の小鉢？」

不機嫌な指摘に花ははっとする。日替わり定食では、揚げ出し豆腐のときは豆腐が重なる。

「いいではないか、面白い」

老紳士はそう一笑いして箸を手にした。

配膳して下がった花は、奥でのんびりとしていた母に小声でたずねてみる。

「ねぇ、やっぱり豆腐の小鉢って無理があったんじゃないの」

「どうして？」

花の焦燥を全く感じないのか母はのんびり首を傾げる。

「だって揚げ出し豆腐のときは豆腐が重なるじゃない」

「今更気づいたの？」

そちらのほうに驚いたようで、母は目を丸くする。

「それでもいいってお父さんが言ったんだから、それでいいじゃない。お客さんからも文句は出てないわよ」

「でも今のお客さんが……」

「帰りにも文句を言われたら考えましょ」

話にならない。花は老夫婦が食事を終えるまでどぎまぎしながら待ち、席を立ったタイミングでさりげなく彼らの皿を見た。どちらも綺麗に食べられている。完食だ。

「会計を」と言われて花がレジを打っていると、老紳士が笑った。

「豆腐料理が二種あって面白かった。どちらも旨かったぞ」

特に、と老紳士が言う。

「肉味噌が上品で旨い。作った者にも伝えてくれ」

ではな、と渡されたのは五百八十円の定食ふたつに一万円。花がお釣りを差しだすと、老紳士は「釣りはいらん」と押し返す。

「五百八十円の定食ですから」

花がお釣りを改めて返すと、「強情な娘だ」と老紳士はお釣りを受け取って、どこへ仕舞うのかと思えば懐から取り出した煙草入れに放り込んでしまった。

二人が店を出て、がらがらと戸が引かれると外からかすかに声がする。

「――まったく何を考えておいでなのですか、あなた。黒川の家の長ともあろうものがこのような場末の食堂で食事など」

「たまにはいいだろう。孫の作った豆腐を食べるのも」

何となく不穏な会話だが、掛け値なしに老紳士は誉めてくれたし、老婦人は帰り際にはもうハンカチを口に当てていなかった。

だから、彼らにとって日替わり定食は悪くない食事だったということだ。

花は初めて得る達成感に満足して鼻を鳴らした。


この話を一応黒川に話してみると、彼はひどく難しい顔をした。笑いたいのを我慢して、わざと眉根を寄せた顔はまるで福笑いのようだ。

「――予想はできますが、断定はできません」

黒川でも確認が恐いらしい。

そう言いながらも黒川が泣き出しそうな顔で苦笑したのを、花は見ないふりをした。

14

「誕生日おめでとう、花ちゃん」

昼食時間の終わり頃、花を子供の頃から知っている常連客がそんなことを言って帰った。言われてようやく花は自分の誕生日だったことを思い出した。いくつになったの、と年齢をきかれなかっただけマシといったところか。

会社を辞めてから一年半経つのだと思えば感慨深い。

「……誕生日なんですか？」

この人と会ってもう一年以上経つということだ。思えばこの人も怒濤《どとう》の一年だったことだろう。

社長から豆腐屋に転職するという人生の大転身をやってのけた黒川は、少し青ざめて花に五百八十円を払った。

「ええ。自分でも忘れていましたけど」

花の言葉に黒川はますます顔をしかめた。

「……ええと、どうしたんですか？」

何か悪いことでも言ったかと花がたずねると、黒川は花を睨むように見つめてくる。

「花さん、食事に行きましょう」

黒川がいつも唐突なのには慣れたつもりだったが、花は思わず不審顔になった。

「何か特別なこと、ありましたっけ」

「花さんの誕生日ですよ！」

お祝いしましょう、という黒川にいまいち乗り気になれず、花は首を傾げた。どうしてそんなことで祝わなければならないんだろう。それに恐らく今日は弟妹が帰ってくるし、実家でホールケーキぐらいは用意してあるはずだ。

「あら、いいじゃない。れいちゃんと行ってらっしゃいよ」

ケーキはとっておいてあげるから、と口を挟んだのは母だ。身内の後押しを得たからか、黒川は俄然やる気を見せて「花さん」と詰め寄ってくる。

押しに弱い方でもないはずだが、花は渋々うなずいた。


黒川と仕事終わりに待ち合わせを決めて、母に「準備しなさい」と食堂を追い出された花は「そういえば」と思いだす。

クリスマスやバレンタイン、誕生日といった何とか記念日に花は昔から疎い。大林と付き合っていたときも彼の方がはしゃいでいたように思う。そういう花の冷めたところも積み重なっての結末だったのだろう。

いまいちやる気のない花は適当にクローゼットをひっくり返した。出てきたのはショールとワンピースという食事に出かけるのにちょうどいい服だった。会社員時代にたまった服の半分は妹にあげたりして処分したが、少し高かったこの服は残していたようだ。

いつもより綺麗めに化粧をして、最近ではすっかり仕舞い込んでいたローヒールのパンプスを引っ張り出してつっかけてみれば、大手を振って都会を歩いていた頃に戻ったようだ。

時間を気にしながらコートを手に家を出る途中、花の様子を見に来た母がにここと笑う。

「帰らないなら連絡いらないからね」

下世話な親もいたものだ。

「帰ったらケーキ食べるから取っておいてね」

花は母の含み笑いを背に待ち合わせ場所へと急いだ。

黒川の仕事が終わったあと、夜の七時半に商店街から五つ先にある繁華街の駅で待ち合わせだ。華やかな高層ビルが立ち並ぶ駅前は平日だからか待ち合わせの人はまばらだった。

「花さん」

エンジン音と一緒に呼びかけられ、振り返ると黒川がバイクを降りるところだった。

「バイクだったんですね」

「すみません、お待たせして」

急いで来るにはバイクが速かったのだという黒川は、社長時代のようなスーツ姿だ。

「勝手にお店は予約してしまったんですけれど、いいですか？」

急な話だったのだ。店の予約ができたことの方が驚きだ。

「いいですよ。どこを予約したんですか」

居酒屋なら平日は空いている。居酒屋は久しぶりだなと思いながら、バイクを押して歩道に乗った黒川と広い歩道を歩きだすと、彼は「勝手にすみません」と近くのビルを指した。

「前に得意先との会食で使ったところにしてしまいました」

彼が指したのは、高層ビルの中でも群を抜く高さと大きさを誇るホテルだった。

ロータリーにバイクを押して入ると、黒川はドアマンにバイクとキーを渡してしまう。

「駐車場に」

「かしこまりました」

にこやかに黒川からキーを受け取るとドアマンはバイクを引き取り駐車場へ向かっていった。

「……バイクって、駐車場に回してもらえるんですか？」

「僕はバイクで来ることが多くて、そうしてもらっているんです」

穏やかな黒川に気負いも嘘も感じられない。花は「そうなんですか……」と何とも言えない気分で黒川についてホテルへと入った。

広いエントランスは天井が高く、豪奢なシャンデリアが目に入る。落ち着いたインテリアや色合いで作られた空間はゆったりと高級な空気が漂っていた。

花がここに来たのは初めてではない。昔、大林と来たことがあるのだ。確か花の誕生日だった。

「せっかくの誕生日に間に合わせですみません」

黒川は申し訳なさそうだが、大林は一ヶ月前から予約してようやく席がとれたと喜んでいた。

「ようこそ、いらっしゃいませ」

黒川がエントランスを横切ろうとするとコンシェルジュと思しき男性が声をかけてきた。

「急にすみません。吉谷《よしたに》さん」

「いいえ、とんでもございません。ご利用いただきありがとうございます」

吉谷と呼ばれたコンシェルジュは黒川と花をエレベーターまで案内して乗せてくれる。

「今日の料理は深山《みやま》シェフが？」

黒川がたずねると吉谷は「はい」とエレベーターを操作しながらうなずく。

「ちょうどシェフがパリからお帰りで、久しぶりのお越しと聞いて腕をふるうと喜んでおりました」

「僕のためじゃなくて、今日はこちらの女性の誕生日なので、彼女のためにお願いします」

黒川の言葉に「失礼いたしました」と吉谷は花に言う。

「特別なお料理を用意させていただいております。どうぞ、ごゆっくりお楽しみください」

吉谷の挨拶と共にエレベーターが計ったように開き、花は黒川にエスコートされてレストランへと入る。ホテルの最上階にあるフレンチレストランだ。

「いらっしゃいませ」

黒川を見つけてやってきた女性のネームプレートには支配人と書かれてある。

「お久しぶりです。桐尾《きりお》さん」

かっちりとしたスーツを着た女性は穏やかに黒川に微笑む。

「ご無沙汰しております。本日はご予約いただきありがとうございます」

そう言って桐尾が案内してくれたのは、テーブルの並ぶホールを抜けた先にあるドアだった。

「こちらの個室をご用意させていただきました」

部屋に入ると、奥に華やかな花が飾られて、テーブルにはカトラリーとナプキンがワイングラスや皿とともに揃って美しく並べられている。

「どうぞ」と黒川が花の椅子を引き、黒川の椅子を桐尾が引く。

「ただいまドリンクをご用意いたします」と桐尾が部屋を出ると、花はほっと息をついた。

クッションのきいた椅子は座り心地は抜群だが、花は何となく居心地が悪くなる。

「あの……」

「はい」

花はおそるおそる問いかけるが、黒川は食堂で食べているときと何ら変わりない。

「……本当にここで食べるんですか？」

てっきり居酒屋で食べるのだと思っていた花は、高級ホテルの個室に通されるような格好でもないし心構えもない。

「すみません、適当な場所がここしかなくて。料理は美味しいですから」

申し訳なさそうな黒川の言葉に嘘はないのだろうが、そういうことが聞きたいのではない。

「ええと……私こういうところで食べるのは初めてで」

このホテルもレストランも初めてではないが、こんなふうに個室があることは知らなかった。

「本当はこんなところではなく別のところでと思ったんですが、豆腐屋さんにご紹介いただいた料亭は、少し格式が高くて」

豆腐屋のご主人が料亭にも豆腐を卸しているのは知っているが、誕生日で料亭に連れて行かれては食べ物の味もわからなくなりそうだ。

「――こんなところで悪かったな！」

ばん、とドアが開いたかと思えば、白の調理服のシェフらしい男が料理とワインボトルを手にずかずかと入ってくる。だがサーブする様子は危うげなく手慣れていて、乱暴な言動とは裏腹に静かに皿を花と黒川に配膳する。そしてブックサ言いながらソムリエナイフで鮮やかにワインボトルの栓を抜く。

「せっかく俺が腕をふるってやるって言ってるのに、こんなところとは相変わらずひどいこ吹く風だ。

「深山シェフ！　お客様のご迷惑になりますから乱暴な言動は慎んでください」

慌てて個室に入ってきた桐尾が慎重に個室のドアを閉めながら苦言を呈するが深山はど
言いぐさだな、玲一！」

「……君がいるかもしれないって聞いたから、個室をとって正解だったよ」

黒川は深山からワインボトルをとって「どうぞ」と花のワイングラスに注いだ。

仄《ほの》かな黄金を帯びた液体には細かな泡が立ち上っている。

「ワイナリーが作っているジュースです。さっぱりとした味なので料理にも合いますよ」

深山か桐尾が説明しそうなことを黒川は言って、「僕はバイクなので、ジュースに付き合ってください」と自分のグラスにもジュースを注ぐ。

酒は平気な方だが、酒飲みでもない花はうなずく。

「構いません。ご一緒させていただきます」

花は納得したが、隣で様子を見ていた深山は肩を竦めた。

「相変わらずわがままな男だぜ」

ハハっと一笑する深山に黒川は呆れ顔を向けた。

「一応、僕は客なんだけど」

「わかってるよ。俺だって忙しいのにお前の顔を見に来たんだ。じゃあ、ごゆっくり」

深山シェフはそう言って個室を出ていく。それに続いて「申し訳ございません」と桐尾が頭を深く下げて部屋を後にした。

　二人を見送って黒川は苦笑を花に向けた。

「騒がしくてすみません」

「お知り合いなんですか？」

　花の問いに「ええ」と黒川はうなずく。

「学生時代からの友人で変わり者ですが、料理の腕は確かですよ」

　深山と話す黒川は少しくだけた様子だった。商店街ではどんな人とでも話す黒川だが、彼自身のプライベートは未だによくわからない。それを少しだけ知ることができて花は思わず微笑む。

「じゃあ、期待して料理をいただきます」

　深山の登場で幾らか緊張がほぐれた花は素直にワイングラスに口をつけた。

　ジュースだというわりには甘くない味わいは、深山自ら運んできたアミューズ・ブーシュの豆サラダによく合った。

　それからの料理は桐尾が運んできた。サーモンのオードブル、透明なコンソメスープに、メインは鴨、デザートはさっぱりとした柑橘のソルベにベリーのアイス。本格的なコース料理ではないが、あの豪快な深山が作ったとは思えないほど、繊細な味付けばかりだ。それに量や味も女性の花に合わせたような、夕食に食べても胃に重くならず、それでいてお腹が満足するように作られている。平日のディナーにちょうどいい。

デザートのあと、黒川とコーヒーを飲んでいると再び深山が現れた。

「ご馳走様でした。美味しかったです」と花は言う。

「光栄です。ありがとうございました」

深山はにやりと笑った。

「美人だなアンタ。うちで働かないか」

「それ以上言えば、職場を失くすことになるよ」

黒川がにこやかにスマホを取り出している。深山は嫌そうに顔をしかめた。

「お前が言うとシャレにならないんだよ！」

チッと深山は舌打ちする。

「お前と話してると、まだまだひよっこの気分になるぜ」

「豆腐屋と一流料理人じゃ比べるべくもないだろ」

「普通の豆腐屋は高級ホテルで個室とったりしないんだよ」

深山の指摘に黒川は首を傾げている。どうやら無自覚だったようだ。

「じゃあな、お二人さん。また俺がいたらサービスするぜ」

騒々しいシェフは手を振って厨房へ戻っていく。

それから少しのあいだ花と黒川は雑談を楽しんだが、明日も仕事ということもあって自分たちも出ようかとレストランを出ることにした。

「あの、支払いは……？」

「支払いは僕にくるようになっているので」

にこやかな黒川を見ていると、深山の言うように普通とは何かと考えてしまう。

エントランスホールに出るとコンシェルジュが見送りに、ロータリーに出ると黒川のバイクがドアマンと一緒に待っていた。

「ありがとう」と黒川はバイクを受け取る。

黒川にとってそれが当たり前なのだ。

「黒川さん」

「はい」

バイクを押して花とロータリーを歩く黒川を見上げる。

「本当に社長さんだったんですね」

別に疑っていたわけではないが、今まで社長という肩書はどこか現実味がなかったのだ。

黒川は「うーん」と苦笑する。

「社長をしていたときに本社ビルにでもお連れすればよかったですね」

黒川にとって、社長業は本当に仕事でしかなかったのだろうか。今、豆腐屋で楽しそうに働いている彼を、多忙な社長時代には見たことがなかった。

「バイクはずっと乗っているんですか？」

「ええ」と黒川は花に答えてバイクのハンドルを撫でる。

「初任給で買ったんです。一人で遠出したくて」

こうして話していると黒川の感覚は花に近いが、社長という環境が普通ではなかったのか。

バイクで帰るという黒川にたずねてみると、ヘルメットが余分にあるということで花も途中まで乗せてもらうことにした。

「大丈夫ですか？　せっかくワンピースがよく似合ってるのに」

バイクに乗りながら後ろのこちらを心配する黒川に花はつかまった。

「誕生日なんですから、わがままはひとつぐらい聞いてください」

花の言葉に「わかりました」と黒川は笑って、バイクを走らせる。

黒川のバイクは速かった。夜の空いた道を抜けると、あっという間に見慣れた交差点や住宅街が見えてくる。

初めて自分からしがみついた黒川の背中は見た目よりも大きくて広い。細身な見た目からは想像もできないほど筋肉質なようで硬い。冷たい風を切るバイクの上で彼の背中は温かかった。

大回りも寄り道もしないで商店街につくと、黒川は花からヘルメットを外して触れるか触れないかわからないような柔らかな手つきで花の髪を整えてくれる。

「寒くありませんでしたか」

黒川は押しつけがましいが強引ではない。そのさじ加減は彼のバランス感覚によるものなのだろう。嬉しいことを少しずつしてくれる黒川からのプレゼントは、花の心を温かくするのに十分だった。

「お誕生日おめでとうございます、花さん」

黒川のお陰で花の誕生日も特別に思えてくる。

「来年は、ちゃんとプレゼント考えますね」

そう言って微笑む黒川に来年も約束したくなるほどに。

「――黒川さんの誕生日、いつですか」

だから、花もこの人に温かい心をあげようと思うのだ。

15

「ごちそうさま」

歩き慣れないピンヒールで帰っていくのは、花と決闘したウララだ。

最近、妙な客が増えている。大林は相変わらずトンカツ定食を食べていき、大林を追いかけるようにやってくる近藤はサバ味噌定食がお気に入りのようだ。ナミはときどき目を真っ赤にして金曜日に飛び込むようにやってくると必ずカレーを食べていく。ウララは花に絡みはしないものの律儀にお昼時にやってきては黒川を探している。彼女は周期的にお気に入りを変えるが、今はからあげ定食がマイブームのようだ。

いったいどういう巡り合わせか。奇妙な客層が増えてしまった。

黒川と出会ったことで花の人生も大きく動いてしまったように思う。

花は今、調理師免許を取るための勉強をしている。栄養学や経営の勉強も始めた。世界は会社の箱の中だけではないのだ。それに気付いたきっかけが黒川だったのだと思う。

黒川とは穏やかな友人関係を築けていると花は思っている。それでもときどき黒川をどこか遠くに感じるのは、彼に秘密が多いせいだろうか。

いつか話したくなれば話してくれる。

それがずっと先か、すぐのことかはわからない。最近気付いたことだが、黒川はたくさんのことを黙っているが花に嘘をつくことは少ない。そのとき話さないことでもいつか話してくれる。

そして彼との時間はきっと長い。

そんな予感がするのだ。


「じゃあさ、もう悩む必要ないんじゃない？　社長さんのプロポーズの返事」

実家の食事を目当てに帰ってきた弟の昇《のぼる》がそんなことを言いだしたので、花は持っていた茶碗を落としかけた。

食堂は夜にも営業があるので、神崎家では早めの夕食を姉弟妹《きょうだい》でとるのは珍しくない。

今日もそういう食卓だ。

「そうよね。黒川さんが豆腐屋さんになったんなら、もう会社のこととか気にしないでいいんだし」

昇と同じく珍しく実家に帰ってきた妹の梨花《りか》までそんなことを言う。

「……何言ってんの」

落としかけた茶碗を食卓に置いて、花は味噌汁に箸をつけた。

味噌汁の椀の中では豆腐がゆらゆらと揺れている。

「そりゃ、大会社の社長夫人って名前の響きはかっこいいけど大変そうだもんね。でも豆腐屋さんを継ぐなら豆腐屋の奥さんでしょ？　うちは食堂だしちょうどいいじゃん」

やけに現実的な妹の意見に弟も頷く。

「そうそう。俺、大学出たら外で働くし、姉ちゃんが実家にいてくれたら助かる」

「あんたは食事たかりに来るだけでしょうが」

「私もお姉ちゃんが実家にいると安心だよ。私、大学出たら留学に行くし」

自分の都合ばかりの弟妹たちの意見を半ば呆れながら聞いて、花が溜息をつくと「何を悩んでるんだか」と弟が悪態をついた。

＊

黒川は近頃、プロポーズはまったくしない。

それどころかそういう話はまったくない。彼との会話は他愛もない話ばかりだ。

だからといって、黒川が追いかけっこの末に言った言葉を忘れたわけでもない。忘れたわけではないのだが。

――お節介な愚弟愚妹のせいで、花はレジの前で緊張を強いられるはめになっていた。

黒川は豆腐屋の仕事を終えるとときどき、夕食も神崎食堂で食べていく。

今日もそんな日で、黒川はいつものように日替わり定食を頼んだ。夜も昼も同じメニューを飽きもせず食べるものだと思ったら、今日は揚げ出し豆腐の日で、最近知ったことだがこれが黒川の好物のようだった。

花が澄ました顔で内心どぎまぎしながら仕事をしているうちにお客は減っていき、不意にがらんと店の中から客がいなくなった。

奥で父と母が片付けをする以外の音が消え、花はふと店の外の暖簾に目をやった。暗がりに浮かぶそれをいつ片付けるかは花に任されている。

「――花さん」

呼びかけに顔を上げると、黒川がレジの前でいつものように微笑んでいた。

最近の黒川はラフな格好が主だ。今日もシャツにジャケットで、整えられていた黒髪は伸びて少し若く見える。

「お会計ですね」

珍しく長く寛いでいた黒川がいた席にはすでにお茶しか置かれていなかった。彼がこれほど長居するのは珍しい。

黒川は今日も五百八十円を払って、花がレジを閉じるのを待っていた。

「今日、やっとご主人に合格をもらいました」

どういうことかと花が黒川を見上げると、彼は照れたように笑う。

「豆腐の仕込みを明日からやらせてもらえるようになります。やっと職人への一歩を踏み出せそうです」

本当ですか、よかったですね、といった上滑りな言葉よりも先に花は自分の顔がほころんでいくのを感じた。

「黒川さんの豆腐、もうすぐ食べられそうですね」

楽しみです、と微笑むと黒川は穏やかな視線のまま笑みを収めた。

「……僕はまだまだひよっこですが、やっと言えそうです」

何を、と問いかける間もなく黒川は続けた。


「あなたが好きです。結婚してください、花さん」


かた、と鳴ったのは何の音だろうか。

真っ直ぐな目を見返しながら、花はそんなくだらないことを考えていた。

——ああ、そうか。

それぐらい、自然なことだったのだ。

花が黒川を好きになったことは。

彼との出会いには悔しいことも泣いたことも怒ったことも全部必要なことで、彼がいつも注文する日替わり定食のような当たり前のメニューから美味しさや嬉しさが見つけられるのだ。

今、このときも。

震えそうになる体を励《はげ》まして、花は腹に力を込めた。

ここで逃げ出しては女が廃るというものだ。

唐突で、真面目で、真っ直ぐで、少し怖い人を見つめて、花は答えを思い切りぶつけるべく、大きく息を吸った。

16

　玲一が彼女に出会ったのは、黒川という名字に変わってから少し経った頃だった。

　母一人子一人で育った玲一は父の顔を知らなかったが、母が父を絶対に悪く言わなかったので見知らぬ父を悪く思ったことはなかった。

　だが玲一が中学校に上がった頃、母が長年の労苦が原因で病死した。身寄りのない自分を引き取りに来た祖父と名乗る男と出会って、玲一は自分が母だけに育てられた理由をおぼろげながらに理解した。

　祖父は若くして亡くなった母のことを娼婦と呼んだからだ。

　父は母と出会った当時、結婚はしていなかったものの婚約者がいた。だが仕事先で出会った母に恋をし、子供が産まれた。しかし母とは結婚せず、そのまま家業の会社を継いだので、玲一は母一人に育てられることになったらしい。

　らしい、というのは会ったばかりの子供に祖父がそう語ったからだ。

　真実がどうであったのかはわからないが、玲一がそれほど不幸を感じることもなく育ったのは父が結婚せず、母に育てられたからだと思った。

　そして忘れ去られたはずの玲一をわざわざ祖父が迎えにきたのは、父が病床に伏しているからだという。

父は婚約者と結婚したものの子供はできず、精力的に仕事をこなすうちに体を壊したらしい。

軟弱だ、というひと言で祖父は自分の息子の病気を片付け、玲一を迎えにきたその足で父のいる病院へ向かい、孫を放り込んだ。

病室に一人放り込まれた玲一は、広い個室のベッドから痩せた男に手招きされた。

「……玲一か？」

痩せてはいるものの深い響きのある声は一度も聞いたこともないはずだが、なぜか玲一に馴染《なじ》む。玲一がうなずくと同時に自分の頬を覆った大きな手は冷たかった。

その男は「すまない、すまない」と繰り返し、ずっと泣き続けていた。

——これが父というものか。

面会時間の終わりを看護師に告げられて、病室を後にした玲一は漠然とした何かを抱えて黒川の本家へと連れられていった。

それ以来、父に会うことはなかった。

黒川の本家というところは、魑魅魍魎《ちみもうりょう》の住まう家であった。

自分の決めたことをおよそ曲げない祖父、しつけに厳しい祖母、そして玲一をはばかりもなく娼婦の子供と呼ぶ父の妻。それ以外にもたくさんの親類縁者がいたが、彼らは総じて玲一の敵だった。

突然増えた家族とも呼べない妖怪の一族は玲一を徹底的に蔑んだのだ。

それは転校させられた学校でも同じで、玲一は金持ちの子女ばかりが通う学校に馴染めなかった。

とうとうある日、監視役の手もすり抜けて学校を抜けだし、遠く母の墓のある街まで玲一は逃げだした。

けれど、母と暮らしたアパートは解体され、小さな墓すらどこかに移されていた。

――何も持たない玲一は途方に暮れた。

目についた公園でぼんやりとブランコに座るほか、自分にできることはなかった。ここに来るまでに所持金はつき、もはや眠る場所もない。

けれど、日も暮れそうな公園に一人の女の子がたたた、と走り寄ってきて玲一が乗っている隣のブランコを漕《こ》ぎだし、こんな時間に一人でどうしたんだろう、と思っていた矢先にブランコから落ちた。

「だ、大丈夫⁉」

頭こそ打っていないようだったが思い切り足をすりむいた女の子は今にも大泣きしそうなほど顔を歪めたが、それでも泣かなかった。

玲一はほっとしたものの、女の子の足からは血が出ている。

「……大丈夫？　立てる？　立てないならおぶってあげるからそこの水道で洗おうか」

手を引くと彼女はすんなりと立ったので、服から土を払ってやっていると「あの」と女の子の甲高い声がした。何だろうと顔を向けると女の子の顔が強張った。

「……おにいちゃんは、人さらい？」

難しい言葉を知ってるな、と思うと同時に玲一は慌てて「違うよ！」と首を横に振る。最近の子供は親切な人も疑えと教えられているのかと、子供の玲一も戦慄した。

往々にして、子供を裏切るのは大人なのだと痛いほどわかっていたが、そんな大人の一員だと思われたことが悲しかった。

「……お兄ちゃんは、きみを助けただけだよ。お礼も何もいらない」

ただの親切に見返りなんていらない。まして、小さな女の子を助け起こしただけで何がほしいというのだろう。

暗い顔をした玲一を女の子は不思議そうな顔で見て、自分の手を見る。

「いたい」

その言葉でようやく玲一も女の子も怪我のことを思い出した。

傷を水で洗って、ハンカチで巻いてあげると女の子は少しほっとした顔になり、玲一を「お兄ちゃん」と呼んでくれるようになった。

それが嬉しくて「何かな」と自分でも驚くほど甘い声で返すと、

「お腹すいてる？」

丸い瞳でそんなことをたずねてくるではないか。

空いていない、と答えようとして玲一は昼から何も食べていないことを思い出した。

ぐぅ、と大きな腹の音が鳴る。

「すいてるね」

「……そうだね」

恥ずかしさに真っ赤になる玲一の手を女の子の小さな手がつかんだ。

「じゃあ、私がごちそうしてあげる」

そう言うが早いか、彼女は玲一の手を引いて走りだす。

いったいどこへ行くのかと気になったが、ままごとにでも付き合わせるつもりかと玲一はされるがままに女の子についていく。

しかし辿りついたのは、年季の入った看板を掲げた食堂だった。

「おとうさん、お客さん連れてきたよ！」

がらがらと引き戸を開けるなり女の子が声を張り上げるので、玲一はすっかり逃げるタイミングを逃していた。

店は外観通りの古い机と丸椅子が並ぶ昔ながらの食堂で、客はいなかったが綺麗に整理整頓されている。

「どこに行ってたの、はな！」

店の奥から出てきた女性が女の子を呼び、女の子は玲一の足の後ろに隠れてしまった。

「ごめんなさいね。この子に付き合わせて」

「いえ……」

付き合ったというよりも連れて来られたと言う方が正しい。玲一は曖昧に頷いて「じゃあ」と踵を返そうとするが、

「お兄ちゃん、お腹すいてるんだって」

と、女の子がそんなことを言ってしまう。

「あらあら、じゃあ何か食べて行ったらいいわ」

「あ、いえ……」

玲一が口ごもったのは遠慮からではなかった。自分の財布の中身を頭の中で確認したからだ。どう考えても一番安い日替わり定食の代金すら払えなかった。

しかし女の子は玲一の足から離れてくれないし、母親と思しき女性も「さぁどうぞ座って」とカウンターへ手を引いていくものだから逃げられない。

そうこうしているうちにカウンターテーブルに定食が並べられてしまった。カウンター越しに定食を並べたのは、いかにも怖そうなおじさんだ。彼がこの店の主なのだろう。口をへの字に曲げて玲一を値踏みするように睨みつけている。

——嘘をついたら駄目だ。

なぜかそんなふうに思った玲一の腹は決まった。

「あの」

そんな呼びかけの言葉も震えていたが、玲一は食堂の大将を見返した。

「僕は、お金を持っていないんです。ですから、せっかくですがこれで失礼します」

ありがとうございました、と頭を下げようとした玲一に「ふん」と食堂の主人は鼻を鳴らした。

「誰がガキから金をとるかい。つべこべ言わねぇでとっとと食べろ」

え、と目を丸くした玲一を食堂一家はカウンターに座らせて、箸を握らせる。その鮮やかな手並みに目を白黒させていると、玲一の隣に座り込んだ女の子がにっこりと微笑んだ。

「どうぞ、めしあがれ！」

不思議なことに、彼女の言葉を皮切りに玲一の腹は盛大に鳴った。ははは、と苦笑すると本当におかしくなって、玲一は定食に向かって箸を持って深々と頭を下げた。

「いただきます」

最初に箸をつけた味噌汁はふんわりと温かく喉を通って、玲一は自分がどれほど冷えていたかを知った。

おかずは大きな揚げ出し豆腐で箸でつつくとふるふる揺れて、口に含むと生姜が効いて幸せになった。白いふかふかのご飯は甘く、胃を悠々と満たしていった。

でもどうしてだろう。

食べれば食べるほど、不思議と少しずつ塩辛くなっていく。

「……おいしい？」

隣の席の女の子が心配そうに見つめてくるので、玲一は心の底から久しぶりに微笑んでいた。

「とても美味しいよ。ありがとう」

そう答えた自分の声がみっともない鼻声で、それがおかしくて玲一はまた笑った。

「――もうこれっきりだからな」

定食をたっぷり食べ終えた玲一にそう言った食堂の主人は、金も取らずに玲一を追い出して見送ってくれた。

「また、お支払いにきます」

玲一はそれきり振り返らずに、妖怪の待つ家へと帰ることにした。

自分で日替わり定食を食べられるようになってから来ようと誓って。


公衆電話で監視役と連絡を取って帰りついた本家は大騒ぎになっていた。

祖父はあらゆる機関のコネクションを使ってまるで玲一を指名手配するような始末だったし、祖母は本家の使用人を一斉に放り出して探させていたし、病床にあった父まで会社の伝手《つて》を動かす大変な大騒ぎだったようだ。

だから何も知らずにお腹いっぱいにして帰った玲一はこれ以上なく怒られた。

怒られたと同時に自分はそれほど黒川の家に嫌われていないのだと知って、玲一は真面目に学校へ通い、会社に入ることになる。

その後、父の容体が悪化して帰らぬ人となってから、玲一は二十六歳で社長の席を譲られてしまった。

祖父という後ろ盾はあったものの、二十六の若造に従う社員は少ない。けれどひどく忙しい毎日の中でも玲一は決して忘れなかったことがある。

あの食堂へ行くこと。

自分の稼ぎで日替わり定食を食べ、それから中学生のときに奢ってもらった定食代も支払うこと。

それだけが、何よりの目標になっていた。

その夢ともいっていい目標が不意に叶うことになったのは、社長になって数年後。

玲一はすでに三十二になっていた。

ちょうどその日は昼の会食がなく、思い出の食堂に近い場所まで出向いていたので秘書に頼み込んで一人食堂へやってきたのだ。

スーツ姿の客は珍しいのか常連と思しき人々にじろじろと眺められながら日替わり定食を注文すると、ちょうど以前食べさせてもらった揚げ出し豆腐だった。

変わらず美味しい定食を一生懸命味わって、いざ支払いをしようとレジへ向かった先に彼女はいた。

セミロングの髪をひとつにまとめ、華奢な体にざっくりとしたセーターとジーンズ。エプロンをつけて軽快に働いて、常連客と冗談を言い合う様子からは彼女の人懐っこさが伝わってくる。

——あの子だ。

子供の頃のことだから、もしかしたら違うかもしれない。

冷静にそう思う自分もいるというのに、玲一は彼女が食堂まで引っ張ってきてくれたあの女の子だと確信していた。

レジに向かうと玲一を見て彼女が一瞬驚いたような顔をするから、もしかしたら思い出してくれたかもしれない、と淡い期待をするが「お待たせしました」と他の客と同じように愛想よく言ってくれただけだった。

久しぶりに見た彼女はすっかり大人になっていた。

間近で見れば、丸い瞳に勝気そうな光がきらきらとしていて、鼻も耳も唇も小さい。触れれば壊れそうなほど繊細な顔立ちだというのに、今にも跳ねていってしまいそうな様子は小さな頃の面影を残しているようだった。

――捕まえたい。

兎のように跳ねていってしまいそうなこの子に触れれば、どんな気分だろう。

玲一は唐突に降ってきた欲望に動かされていた。

お腹がいっぱいになっていたから？

夢が叶って浮かれていた？

久しぶりにあの子に会って驚いた？

もしもあの子に会えたら「久しぶり、覚えてる？」と声をかけて定食代を払おうと思っていた。もしも叶えばやろうと思っていたのはそれだけのこと。

それだけのことが、いったいどうしたことだろうか。

疑問はあとからあとから湧いてくるというのに、玲一が口にしたのはまったく別のことだった。

「結婚してください」

空気が一瞬凍ったのを、肌でひしひしと感じた。

自分が何を言ったのかすらわからなかった。

いったい自分は何を言った？

まさか、どうして。

「お断りします」

玲一の混乱を救ったのは、当のあの子だった。

彼女の冷静さがとてもありがたかった。

困惑の極みにあった玲一は唯一の救いと支払いを済ませようとしたが、持っているはずの財布がない。

思い至ったのは最近の自分の行動だった。

玲一は社長という立場上、自分で支払いをする場面が皆無といっていい。

現金を持ち歩く習慣が今はなくなっていたのだ。

慌てて取り出したのは、祖父に持たされて一度も使ったことがなかったブラックカード。

しかしそれで食堂の支払いをできるはずもなかった。

人質代わりに自分の名刺を彼女に渡し、どこかで待機している秘書の敷島を呼んだ。

呼ばれてやってきた敷島は玲一を世界一馬鹿な男となじるような目で代わりに支払いをしてくれた。

玲一自身も自分が世界一馬鹿だと思った日であった。

けれど、そんな馬鹿な失態から玲一は食堂へ通うことになる。

彼女に会うためだ。

毎日のようにプロポーズをするために。

馬鹿な男は、どこまでも馬鹿だったのである。

しかし肝心なことは言えなかった。言えばきっと驚くに違いない。

あの日、彼女に食べさせてもらって以来、彼女の顔を見るとお腹が空くということ。

それがどういうことなのか。

玲一のパブロフの犬はしばらくおあずけだ。

彼女には優しく優しくしたいのだから。

彼女が玲一の名を知って、甘えてくれるようになるまで。

17

花が黒川を玲一、と呼ぶようになった頃。

花は彼と結婚した。

会場は食堂で、常連客に囲まれてやった。最初の方こそおめでとうと友人知人に囲まれたが、やがて酔っ払いに囲まれた。

時を同じくして、玲一は社長業に戻ることになった。

彼が推薦した叔父が更迭されたからだ。なんでも、あまりにも自分の思うようにできずに行き詰まり、その鬱屈を晴らすように会社の金をこっそり拝借していたのがすぐにバレたらしい。

お粗末過ぎる顚末に花は同情すら抱いたが、黒川本家に夫婦の拠点を移すことになって花は戦々恐々となった。

案の定、黒川本家は妖怪の巣窟であった。嫌味と嫉妬、蔑視の応酬はもはや日常茶飯事で、彼らはそれがなくては息もできないようだったが、程度の違いはあれどこういうことはよくあることだ。

しかし中でも酷かったのは玲一の義母にあたる人の厭味だった。

嫁が嫌いな姑を自ら体現するように彼女は花に辛くあたったのだ。それは、玲一の実父からの愛情を受けられなかったことによる嫉妬やら何やらが混ざった怨念にも似たものだったらしく、人間はつくづく度し難いほど愚かで醜い生き物だと知った。

――まあ、そんな人もたまにいる。そういう人は当たらず触らず祀っておけばいい。

そんな母のアドバイスは的確だった。

玲一の助けもあって、神様のごとく奉っているとある日義母からの厭味がすっきりとなくなった。お中元やお歳暮といったお供えをケチらなかったことが功を奏したのか。

その頃から、玲一は豆腐屋への復帰を果たすことができるようになった。

忙しい社長業と黒川本家の花への風当たりが激しい中では、いくら彼でも豆腐屋を兼ねることはできなかったのである。

第一子を身ごもっていた花は里帰りと称して本家を出て実家へ帰り、出産後も花は食堂の娘として働いた。

社長夫人業は確かに大変なものだったが、いつも誰かが助けてくれると思えばできないことではなかったし、二人目の子供を身ごもる頃には花は社長夫人として成り立つようになっていた。母は強いのである。

子供の方も、父の豆腐屋と母の食堂を行き来しては遊び回り、妖怪の巣窟である黒川本家では縦横無尽に暴れ回って厳格な曾祖父や曾祖母を困らせ、厭世的な祖母をあっけらかんとけなしては怒らせて、花たちの手も散々に焼かせた。子供は台風でできているに違いない。

そんな忙しい花だが、時間ができると子供と旦那を連れて遊びに出かけることにしている。

今日は商店街の近くの公園で子供たちが暴れ回っているのをのんびりと夫婦で見守っていた。

「……元気だねえ」

二人して小さなブランコに乗ってゆらゆらと揺れていると、一向に容色が衰えない旦那さまがのんびりと言う。

いかにも休日のお父さんといった様子でポロシャツにチノパン姿だというのにすらりとした体型はまったく変わらない。この玲一という人は本当に憎らしい人だ。

玲一の話によれば、花が彼と出会ったのは食堂が初めてではないらしい。

彼が言うには、この公園で花が中学生の彼をナンパしたという。

自分のことながらマセた女の子だ。

それでも彼はとても嬉しかったと幸せそうに話すのだから、それでいいのだろう。

そのとき、父に奢ってもらった定食代は花の知らないところで返そうとしたらしいが、結局受け取ってくれなかったようだ。

苦しいことも悲しいこともたくさんあるのに、楽しいことばかり思い出せるのはなぜだろう。

それが幸せなのだろうか。

「玲一さん」

すっかり呼び慣れたというのに、この人はどうしてそう嬉しそうに振り返るのか。

増えた皺《しわ》は笑い皺じゃないのか。

――ああ、そうね。

きっと、花の顔も彼と同じなのだろう。

「そろそろ日も暮れるし、帰ろうか」

ブランコから立ち上がると、遅れて立った玲一が「そうだね」とくすくす笑う。

何だろう、と花が振り返ると彼は笑みを深めて甘く囁いた。

「お腹が空いたね、花」

そうね、とうなずいてみるものの何がそんなにおかしいのか。

まあ、いいかと子供に呼びかけると、我が家の台風たちがわらわらと帰ってくる。

「あ、そうだ」

今度は花が幸せそうな旦那さまを振り返ると彼は穏やかに微笑んだ。

「今日はごちそうだから。楽しみにしててね」

今日はちょっと特別だ。

家ではあまり料理をしない父が腕をふるってくれるらしい。

味噌汁、トンカツ、メンチカツ。

唐揚げ、カレーにサバの味噌煮込み。鶏の肉団子、冷や奴の肉味噌載せ。
食堂メニューのオンパレード。
最後のメインは花が作る、彼の好物の揚げ出し豆腐。

花と彼のしあわせの味である。

あとがき

『豆腐百珍《ひゃくちん》』という本をご存知でしょうか。

江戸時代に発行されたその本には豆腐料理だけが百種類も載っています。この本は好評で続編も発行されたそうです。

所説ありますが豆腐は中国で生まれ、遣唐使の船に乗って日本へ伝わったといわれています。日本で豆腐の存在が文字として確認できるのは、奈良・春日《かすが》大社の供物帖《くもつちょう》に「唐符」と書かれたのが最初だそうです。

豆腐は調理法だけでなくその加工法も種類に富んでいて、絹、木綿、焼き豆腐、寄せ豆腐、加工品に厚揚げ、薄揚げ（通称で油揚げ）、雁《がん》もどき（飛龍頭《ひりょうず》）、といったよく知られたものから、加工の工業化で一般化した充填《じゅうてん》豆腐などがあります。地域性にも富み、鎌倉時代末期に生まれたという凍り豆腐（高野豆腐、凍豆腐）、かたい木綿豆腐の堅豆腐（しま豆腐、岩豆腐）などがあり、加工品にもち米麹《こめこうじ》や泡盛などに漬けて熟成させる豆腐漾《よう》や豆腐を燻製にした母袋《もたい》豆腐などがあって多種多様です。

そんな親しみ深い豆腐の作り方は思いのほか職人技です。大豆を水に漬け、浸漬《しんせき》した大豆を磨砕。磨砕した大豆を加熱し、おからと豆乳を分離、豆乳に凝固剤を入れて固め、豆腐ができ上がります。この基本的な手順を踏みながら、職人さんは大豆を選別し、大豆の浸漬時間を季節によって見極め、磨砕した大豆（呉）の濃度を確かめ、加熱の具合を判断し、凝固剤を打ってまた工程を考える。この作業を毎日繰り返して豆腐を作るそうです。昔と現在でも少しずつ作り方が違っていて、職人さんごとにも違うようです。

豆腐を作る機械にも地域性があり（豆腐の地域性があるように）、あの白い大豆加工品にどれほどの歴史や物語が詰まっているのかと思えば、ロマンを感じずにはいられません。

こんな深淵たる豆腐の世界に魅せられてしまった大企業の社長（現役）と食堂の娘（ただいま無職）のお話はいかがでしたでしょうか。

ここから読まれた方は「どんな豆腐小説？」と思われたかもしれませんが、安心してください。社長が食堂の娘にプロポーズしまくるお話です。

個人的には執筆にあたり、おからドーナツを食べ、冷や奴を食べ、揚げ出し豆腐を作っては食べ、締め切り前にきなこ棒まで作って食べました。お腹いっぱいです。

書籍化にあたり、ご尽力くださった皆さま本当にお疲れさまでした。素敵なイラストが表紙の本になるとは思っていなかった作品でしたので驚きの連続でした。

最後になりましたが、ここまでお付き合いくださりありがとうございます。

少しでも揚げ出し豆腐が食べたくなりましたら幸いです。

帆下布団

この物語はフィクションです。
実在の人物、団体等とは一切関係がありません。

■参考文献

『豆腐百珍』（とんぼの本2008年版）福田浩　杉本伸子　松藤庄平（新潮社）
『豆腐―おいしいつくり方と売り方の極意』仁藤斉（農山漁村文化協会）
『日本のもめん豆腐』添田孝彦（幸書房）
『食材図典Ⅱ』成瀬宇平 監修（小学館）
『豆腐道』森井源一 著　一志治夫 聞き書き（新潮社）

帆下布団先生へのファンレターの宛先

〒101-0003　東京都千代田区一ツ橋2-6-3　一ツ橋ビル2F
マイナビ出版　ファン文庫編集部
「帆下布団先生」係

Fan ファン文庫

神崎食堂のしあわせ揚げ出し豆腐

2016年9月20日　初版第1刷発行

著者　帆下布団
発行者　滝口直樹
編集　水野亜里沙（株式会社マイナビ出版）
岡田勘一（有限会社マイストリート）
発行所　株式会社マイナビ出版
〒101-0003　東京都千代田区一ツ橋2丁目6番3号　一ツ橋ビル2F
TEL 0480-38-6872（注文専用ダイヤル）
TEL 03-3556-2731（販売部）
TEL 03-3556-2733（編集部）
URL　http://book.mynavi.jp/

イラスト　あんべよしろう
装　幀　フラミンゴスタジオ
フォーマット　ベイブリッジ・スタジオ
DTP　株式会社エストール
印刷・製本　図書印刷株式会社

 ISBN978-4-8399-5994-4
Printed in Japan